KB269980

나는 내가 싫고 좋고 이상하고

나는 내가 싫고 좋고 이상하고

나는 내가 싫고 좋고 이상하고

백은선 산문

문학동네

들어가며

선한 것을 믿고 싶지만 대체로 불신하기를 좋아하며 아름다움보다 추함에 끌리곤 한다. 가능태를 따져보는 것을 습관처럼 내재하고 있지만 쉽게 감동하기도 쉽게 차가워지기도 한다. 불안 때문에 수다스러워지고 수치심에 입을 다물곤 한다. 산문을 쓰기로 한 것이 큰 실수라는 것을 알지만 스스로를 시험에 들게 하고 후회하는 것이다. 과거를 곱씹지만 현재만 알고 싶다. 엉망진창이지만 꽤나 성실한 사람의 성실하고 엉망인 삶에 관한 글. 읽으면 좋고 안 읽으면 더 좋다.

보세요. 나의 우울을.

1부

말

시와 산문 사이를 우왕좌왕하며

어떤 사람들의 산문은 산문을 쓰는 일을 감히 거들떠볼 수도 없게 만든다. 가령 리베카 솔닛, 존 버거의 산문을 읽으면 나는 산문집 계약은 미친 짓이었다고 생각한다. 반면 나에게 용기를 주는 작가들도 있다. 아니 에르노, 멀리사 브로더, 소피 칼처럼, 한 부류로 묶을 수는 없지만 산문을 통해 정신의 해부학 같은 글을 쓰는 여성들. 나는 잘 쓰는 건 못해도 솔직하게 쓰는 건 자신 있다고 생각하다가 문득 고민한다. 내가 정말 솔직한가?

시를 쓰는 나는 종종 나를 능가한다. 산문을 쓰는 나는 한 문단을 끌어갈 호흡도 없는 바보다. 왜 이렇게 큰 격차가 생겨버리는 걸까. 쉬운 말로 모드 전환이 안 되어서 그래, 라고 말하고 말곤 하지만 눈에 보이는 버튼이 있어서 ■를 누르면 시가 나오고 △를 누르면 산문이 나오고 그런 게 아니니까. 시도 잘 쓰고 산문도 잘 쓰는 사람들도 많다. 나는 아니다. 나는 갑자기 김종삼을 깊이 이해할 수 있을 것 같다는 기분에 사로잡힌다. 김종삼은 사실 산문 바보였던 거 아닐까요? 그런 식으로 상상해보면서 혼자 웃는다.

산문집을 계약한 건 남편이 너무 많은 카드빚을 졌기 때문이다. 내가 어디 가서 갑자기 목돈을 구하겠어? 이 글을 쓰는 나는 지금 그와 이혼 숙려 기간을 보내는 중인데, 이럴 줄 알았으면 산문집 계약은 안 했을 텐데, 하며 후회하고 있다. 근데 또 한두 권 계약한 게 아니라서 여기저기 "안녕하세요. 제 쓰레기를 읽어주세요!" 하고 내 치부를 자랑하게 생겼다. 계약금을 돌려줄 여력도 없다. 그래서 일단 써보려고 한다. 오늘 몇 매나 쓸 수 있을까? 이런 글을 모아서 출간하는 건 나무에게 너무 미안한 짓이라는 생각이 든다. 시집을 낼 때는 나무에게 미안한 적이 없었는데요.

나는 내가 싫다. 나는 내 삶이 싫으면서 좋다. 나는 내 선택을 후회하면서 안도한다. 나는 시인같이 말하는 걸 즐기지만 속으로는 시인같이 말하는 나를 약간 우스꽝스럽다고도 생각한다. 어쩌면 지금 나는, 마음속 새장을 열어 새를 꺼내고 그 새를 죽인 다음 새를 대신해서 하얗고 큰 돌을 새장 속에 넣는 이야기를 끝도 없이 쓸 수 있다. 그건 얼추 시 같은 얘기일 것이다. 그렇지만 내 마음속에 새장 같은 건 없어. 솔직히 시는 시고 산문은 산문이야. 실망해도 어쩔 수 없어. 새를 죽이는 하나하나의 과정을, 새의 검은 눈동자를 마주보며 웃는 미친 화자를 묘사할 수도 있다. 동물권은 소중하니까 은유적으로라도 새를 죽이는 얘기를 쓰면 엄청난 화를 당할지 모른다. 시에서 사람을 죽이는 일에도 주저하게 된다. 점점 커지는 자기검열. 나는 욕먹기 싫다. 나는 욕하고 싶다. 이 세상과 이 세상의 모든 추와 미에 엿을 먹이고 웃으면서 불에 타 죽고 싶다. 근데 안 그럴 거니까.

나는 평론가를 싫어한다. 나는 시인도 싫다. 나는 소설가도 싫다. 음악가도 싫고 진짜 착한 사람도 진짜 나쁜 사람도 싫다. 나는 그냥 인간 전반이 싫다. 나는 이런 기만적인 내가 가장 싫다. 이렇게 싫다는 이야기만 늘어놓는 게 아마 이 책의 내용일 것 같다. 나는 싫은 게 너무 많다. 근데 사람들이 나를 좋아하는 건 너무 좋다. 나를 싫어하는 사람은 다 싫다. 세상의 모든 선의를 의심하면서도 선의를 믿는 바보 같은 내가 싫다. 이 책을 쓰게 만든 전남편 예정자가 너무나도 싫다.

계통이라면 조립이며 배설입니다.

줄에 묶인 두 발입니다.

한 아이가 만들어낸 엄마입니다.

벌레가 없는 깨끗한 뼈로 조립한 인간.

그게 내 이름입니다.

누군가는 이런 글을 쓰는 시인(?) 백은선도 좋아해줄까. 출판사에서만은 좋아해줬으면 좋겠다. 나보다 잘 쓰는 사람 엄청 많은데 시인이라고 산문집도 내고 부끄럽다.

한동안 일기 썼었지, 그래. 상담받으러 다니면서, 롤랑 바르트 『애도 일기』 읽고 갑자기 일기뽕 맞아서 열심히 썼었지. 감정을 못 느껴서. 잃어버린 감정을 찾아서, 헤매느라고. 정신과 약을 너무 많이 먹어서 그런가. 원래도 그랬지. 나는 내 삶을 구경해요. 아무것도 느끼지 못해요. 느끼지도 못하는데 뭘 쓰겠어. 아무것도 느끼지 못해요. 기계 인간이에요. 아침이면 일어나서 애 보고 출근하고 집에 오면 책 읽고 자요. 그래도 꼴에 좋은 건 알아가지고 좋은 거 읽으면 전생처럼 두근거려. 질투 나.

아마도 이 산문집을 질투할 사람은 없을 겁니다. 다행이에요. 얼마 전에 산문을 발표했는데 교정지에 편집자가 디자이너에게 보내는 메모가 함께 스캔되어 있었다. '글이 너무 파편적이라 문단을 나눠야 할 것 같아요.' 확인사살 감사합니다. 파편이 내 삶의 숙명 같아요. 엄마로 시인으로 작가로 가사노동자로 선생으로 살면서 매일 갈기갈기 찢어지고 있습니다. 그래, 그게 숙명이라면 파편의 대마왕이 되고 말 거야.

모두가 침묵할 때 함께 침묵할 수 있는 힘을 주세요. 그러면 내가 살 것 같아요.

죽은 사람 생각은 잘 안 해요. 생각도 안 나고 생각해도 안 슬퍼서요. 그런 내가 무서워서요.

사실은 매일 생각해요. 생각해도 살아나지 않아서 생각하고 싶지 않아요. 미안하니까.

뭔 소리 하는 거야? 하고 느끼셨다면 그 생각을 의도한 게 맞습니다만. 자세한 얘기는 하기 싫어서요. 공감받는 건 정말 별로니까.

너도 사실은 네가 누군지 알기 싫잖아. 나도 내가 누군지 알고 싶지도 않고 함부로 정의당하기도 싫어.

자, 이제 미리보기 창을 닫고 다른 책을 살펴보세요. 아니면 책을 덮고 어디든 바깥으로 나가세요. 인간은 아직 건강을 추구할 수 있답니다.

*

앞의 글은 책을 출판할 때 서문을 대신하려고 쓴 것이다. 내가 세상에 몹시 분노하고 있었던 때이다. 지금은 이혼을 한 지 반년 정도 지났고 여전히 감정을 잘 느끼지 못하지만 분노만은 서서히 시들어가고 있다. 한때는 내 모든 것이 분노라고 생각했는데 분노마저 사라진다면 나는 도대체 어떤 인간이 될 수 있을까, 뭘 쓸 수 있을까 하는 생각을 자주 한다. 무섭다. 분노가 없어도 나는 구성될 수 있을까? 이제 분노가 사라진 자리엔 공허함과 무력감, 짜증만이 가득하다.

나는 대학생일 때 한강 선생님을 깊이깊이 부러워했다. 너무나 단호하면서도 우아하고 자신의 앞을 제대로 응시할 수 있는 사람이라서. 혼자 가만히 있어도 그 가만가만함이 가장 유연하면서도 단단한 사람이라서. 그 중심이 고요히 빛나는 걸 말하지 않아도 저절로 알게 해서. 내가 보는 한강은 그랬다. 나도 그런 사람이 되고 싶다고 대학 내내 엄청나게 생각하고 노력했다. 그리고 당연히 실패했다.

실패의 요인은 방정맞음, 불성실함, 소모적인 생활, 우물쭈물하는 태도, 침묵을 견디지 못하는 성질, 의지박약이었다. 열거하라면 더 열거할 수 있지만. 아무튼 나는 나를 파악하는 자질만은 제대로

갖추고 있었고 그러므로 빠르게 포기했다. 한강 같은 사람이 되는
것을.

하고 싶은 말의 요지는 앞의 서문 격의 글에도 써뒀듯이 내 시
를 좋아하는 독자가 이 산문을 안 좋아할지도 몰라서 무섭고, 무섭
지만 어쩔 거야, 난 이미 내가 얼마나 엉망 괴짜인지 알고 이제 당
신들 차례고 불만 있으면 읽지 마. 혹은 제발 잘 좀 봐주세요, 하는
양가감정?

나는 내가 미국에서 태어났으면 앨리 윙이 됐을 거라고 장난처
럼 친구들에게 얘기하곤 했다. 2000년대에 태어났다면 글쓰지 않
고 유튜버가 되었을지도 모르지. 난 항상 나를 표현하고 싶은 열망
에 시달렸으니까. 뭘 그렇게 드러내고 싶었던 건지 도무지 모르겠
지만. 불쌍하게도.

내가 어렸을 때 세상에는 컴퓨터와 인터넷이 없었다. 휴대전화
도 없었고, 돈도 없었다. 친구도. 할일이 별로 없어서 책을 많이 봤
다. 지금도 가끔 부모님 몰래 피시통신을 하던 시절이 그립다. 파
란 화면. 악성 댓글 같은 건 존재하지 않고 모두가 서로 좋아하는
것을 격려하던 이상한 공동체 같은 느낌? 제대로 기억하는 건지
잘 모르겠지만. 결국 나는 미국에서 태어나지도, 2000년대에 태어
나지도 않았으니, 책과 시간을 보낼 수밖에 없었던 것이다.

지금부터 '나' 혹은 '내가'라는 말을 안 하고 싶다. 이미 너무 많이 썼기 때문이다. 근데 자꾸 그러면 어떻게 하지? 글이 공개된다고 생각하니 겁난다. 근데 원고료를 주니까 열심히 좋은 말을 해서 사람들을 막 재미있게 만들고 싶은데, 막상 그런 생각을 하니 더 잘 안 되려고 한다. 저는 여기까진가봐요.

코로나19 때문에 출근하지 못(안)한 지 거의 한 달째다. 돈을 너무 아껴 썼더니 꼭 써야 되는 신용카드 최소 사용액 삼십만원을 못 채울 것 같다. 삼십만원을 못 채우면 전세자금 대출 받은 이억 팔백만원에 0.1프로 가산금리가 붙는다. 뭔가 사야만 하는데, 이 것저것 장바구니에 담다가 다 부질없다는 생각에 그냥 앱을 꺼버렸다. 치약 샴푸 비누 세제 화장지 같은 걸 사야 하는 걸까? 이 시점에?

그 대신 로또를 만원어치 샀다. 당첨됐으면 좋겠다.

아이랑 같이 로또를 사고 돌아오는 길에 당첨이 되면 뭘 할지 함께 얘기했다. 로또의 가장 좋은 점은 순간의 희망을 서로 나누면서 오지 않을 행복에 미리 기뻐하는 것이다. 아이는 전에 살던 집을 다시 사고 싶다고 했다. 엄마도 그래. 엄마도 그 집이 그리워. 그리고 장난감도 사고 아이스크림도 사고 과자도 사고 저축도 많이 하자고 그런 얘기를 하면서 집에 돌아왔다. 아이는 벌써 우리가 억만장자(늘 엉망장자라고 발음한다)가 될 것이 확실하다고 믿고 있어서 걱정됐다. 아니야. 그렇게 쉽게 당첨되는 게 아니야. 몇 번을 반복해서 설명해도 이해하지 못한다.

집에 오는 길에 누가 새둥지를 많이 찾는지 내기를 했다. 나무를 하염없이 둘러보면서 손을 꼭 잡고 집에 돌아왔다. 너는 둥지를 발견하고 좋아서 어쩔 줄을 모른다. 이 작은 생명을, 이 예쁜 생명을 어떻게 하면 좋지? 엄마는 너무 무섭다.

집에 와서 드라마 〈이어즈&이어즈〉를 보고 우울해졌다. 당연하게 느끼는 자유도, 성실한 삶에 대한 보상도, 집단의 옳고 그름에 대한 믿음도 너무나 쉽게 무너질 수 있으며 나라는 개별성은 환상에 불과하다는 것. 돈이 많아지면 현금화해서 집에 보관해야겠다고, 누군가가 나 대신 세상을 구해줄 거라고 생각했다. 상상 속에서도 비겁하기 그지없었다.

부풀고 있던 핑크빛 상상에 누군가 긴 바늘을 찔러 터뜨린 것 같았고 돌연 허무함과 우울함이 찾아왔다(이 드라마 보고 이런 감정이 들지 않으면 인간 아님). 로또가 당첨되어도 나는 산문을 계속 쓸까? 잘 모르겠다. 약속은 지켜야지. 더 대담하게 쓸 수도 있을 거 같다.

요즘은 메일링 서비스도 정말 많고 양질의 좋은 글을 써서 사람들이 그냥 배포하기도 하는데 누가 이걸 읽어줄까? 시를 쓸 땐, 누가 읽어줄까? 하는 생각을 한 적이 없는데 왜 이렇게 부담이 되는지 모르겠다. 재미있거나, 의미 있거나, 감동을 주거나 셋 중 하나는 되어야 읽는 사람이 생기지 않을까? 근데 나는 아무것도 주기 싫은데(줄 수 없을 거 같은데).

누군가가 이 글을 읽고 너무 싫다고 생각되면 꼭 SNS에 올려주세요. 왜 싫은지. 그럼 제가 참고해서 다른 글도 써볼게. 근데 안 참고할지도 몰라. 나도 몰라.

손목을 몇 번이나 움켜쥐었다가 놓았다가 했다. 그럼 피가 멈췄다가 다시 흐르는 게 보인다. 그러면 가끔 살아 있다는 실감이 들어서 좋다.

이름을 부르면 계속해서 태어나는

이름이란 좋은 것이다. 부를 수 있고 불릴 수 있으니까. 사람에게 이름은 고유함과 내밀함을 훼손하지 않는 마지막 것, 동명이인이 있다 해도 바뀌지 않는 것. 그런 이름이라는 것을 스스로가 아닌 타자에 의해 부여받는다는 것에는 참 신비스러우면서도 비극적인 면이 있다.

나는 백은선이다. 내 이름을 줄곧 싫어했다. 숨기 좋은 이름이 아니니까. 같은 이름을 찾기 힘드니까. 내가 등단하면 학교 다닐 때 알았던 애들이 "어, 걔 왕따였는데" 하면서 내 얘기를 퍼트릴 것 같아서 너무 무서웠다. 자의식 과잉이었다. 애들은 시에 관심이 없어서 팔 년 동안 아직 그런 일을 겪은 적은 없다. 있어도 이젠 상관없는데. 등단할 때는 그게 무서워서 필명으로 투고했었다. 내가

『문학과사회』로 등단할 때 내 이름은 윤서윤이었다. 회문으로 된 이름을 갖고 싶었고, 당시 남자친구(현재는 전남편)가 윤씨여서 그렇게 지었다. 지금은 막판에 전화를 걸어 "필명 안 쓸래요" 하고 말한 걸 너무나 다행스럽게 생각하고 있다.

이젠 내 이름이 흔하지 않은 점이 좋다. 크게 상관하지 않지만 난 내 이름의 성 '백'(생물학적 아버지에게서 받은 낙인 같은 성. 참고로 아빠 언니 나 모두 주민등록번호 마지막 세 자리가 666이라 어릴 때 나는 내가 악마의 자식이라고 자주 상상했다)과 마지막 글자인 '선'을 정말 싫어하는데, 착할 선이기 때문이다. 이름의 뜻은 '하느님의 은혜로 착하게 태어났다'이다. 은혜도 싫긴 싫지만, 그 시절 이름에 '은'이 들어가는 아이들은 모두 은혜의 영향 아래 있었으니까 그렇다고 치고. 엄마는 은진이고 언니는 은미인데 나는 은선이라 난 내심 은미가 내 이름이었어야 한다고 생각하곤 했다. 진미선은 이상하니까. 진선미가 보통의 순서니까. 늘 착하다는 말을 싫어했다. 근데 착했다. 호구가 되었다.

(지금 생각해보면 솔직히 착했다기보다는 거절을 잘 못했고 잘 끌려다녔던 거 같다.)

태어나기도 전에 악마와 천사의 대결 구도가 형성되어 있었다고 말하면 과장이겠지(과장이다).

착한 내가 싫어서 나쁜 사람이 되기로 결심해 나쁜 나로 몇 년 살았는데 안 맞는 옷을 입은 것처럼 불편했어. 결국 천성대로 살기로 했어. 우스꽝스럽고 광대 같고 잘 웃으며 부탁이라면 뭐든 들어주는 그런 애. 이상하고 엉뚱하고 착한 애. 백은선.

착하다기보다 걱정이 많은 것 같고 착한 거 빼면 진짜 별 볼 일 없는 인간이 될 것 같아서 열심히 착함을 훈련한 거 같다. 자기연민 너무 심해서 이 문장 진짜 지우고 싶다.

나한테는 매듭모가 꽤 많은 편인데 머리가 길어서 매듭이 지어진 건지 처음부터 매듭모로 생긴 건지 종종 궁금하다.

이 많은 매듭들은 왜 생겨난 거죠?
볼 때마다 이로 끊어서 잘라내는데 그게 종종 재미있다.

당장 아무하고나 만나고 싶다. 만나서 재롱도 부리고 많은 헛된 얘기를 쏟아내고 후회하면서 집으로 돌아오고 싶다. 그럼 그 사람은 은선아 은선아, 하고 잘 들어갔어? 카톡하고 그럴 텐데. 뛰쳐나가고 싶다. 소리지르고 싶다.

만날 사람도 없지만 만나러 갈 자유도 없어.

괴롭다. 살아 있는 게 싫고 내일은 일요일이라서 좋은데 그다음은 월요일인 게 싫다. 어제 김혜순 선생님의 『죽음의 자서전』 완독회를 했는데 다리가 너무 아팠다. 두 시간 걷는 건 좋은데 가만히 두 시간 서 있는 건 진짜 힘들고, 목마른데 물 마시면 시 읽다가 트림 나올까봐 무서워서 물도 한 모금 안 마셨다. 근데 마지막에 시가 너무 슬퍼서 조금 울었다. 선생님은 너무나 대단하고 경지에 달해서 범접할 수가 없었다. 그 안의 한 구성원으로 시 읽는 게 얼떨떨하고 행복했다. 읽다가 틀릴까봐 걱정되어서 집에서 엄청 낭독하고 갔다. 내 낭독회 때도 리허설 한번 한 적이 없는데 혼자 방에서 계속 선생님 시 소리내서 읽고 또 읽고 틀리면 밑줄 쳐놓고. 시하고 친해지는 것과 멀어지는 건 이런 거구나, 전 세계의 신호등에 동시에 빨간불이 들어오는 걸 달에서 보는 것 같은 기분. 안 틀리고 읽긴 했지만 별로 나답게 못 읽은 거 같아서 약간 아쉽고 그랬다(평소 낭독을 너무 느리게 하는 편이라 속도를 맞추기 위해 빨리 읽었다). 황인찬은 낭독을 잘해서 황인찬 다음 순서가 아닌 거에 안도했다.

멋진 척하는 건 진짜 어려운 일인 거 같다.

이름 얘기하다가 왜 여기까지 왔지. 제목 먼저 정해놓고 쓰니까 그 안에서만 얘기해야 하는 거 같아서 힘들다. 그리고 이 글에 '너무'라는 강조부사가 너무 많은 거 같다. 괜히 막 이름과 낭독회 연결해서 그럴듯한 얘기 해야 될 거 같고 그렇지만 그냥 내가 그 자리에서 함께 낭독을 해서 나 좀 짱이다 너무 좋다, 그런 얘기고 굳이 이름하고 연결하자면 김혜순이라는 이름에 대해 그 이름이 가진 아우라와 무게에 대해 그 순간에 함께 있었던 것의 감동에 대해 막 얘기할 수는 있겠지만 그건 다 아는 얘기니까 그냥 'ㅇㅇ' 하고 넘어가도 될 거 같고.

옛날에는 누가 "백은선!" 하고 부르는 거 싫었는데 이제는 좋다.

그건 엄마가 되고 나서 더 그렇게 된 것 같은데 나라는 백은선이라는 존재가 너무 쉽게 휘발되고 누구 엄마로 삶을 살다보니 자아가 굉장히 희미해지는 순간을 본 것 같고. 전 시어머니는 내가 아이를 낳은 순간부터 나를 '껍데기' '밥통'이라 불렀다. 살아 숨쉬는 젖 기계가 된 거 같고, 애 낳아서 나는 껍데기만 남은 거 같고. 그 말이 너무 싫고 슬퍼서 생각만 해도 진짜 숨이 쉬어지지가 않았다. 여자가 아이를 낳으면 껍데기가 된다는 말이 있다. 너무너무 끔찍하다. 내가 시인이라 망정이다. 확실히 나는 운이 좋은 축에 속한다. 숨이 막힐 때 내 이름이 적힌 책등을 들여다볼 수 있고 내가 발표한 지면들도 볼 수 있다. 진짜로 보진 않지만…… 그만큼 아이와는 독립된 영토를 갖고 있다는 의미에서. 참 다행이라고 생각한다. 나는 아이의 친구 엄마들의 이름을 대부분 모른다. 그들도 내 이름을 모른다. 누구 엄마, 누구 엄마, 그게 다다. 나는 누구의 엄마, 누구의 아내 이렇게 되어버리는 게 너무너무너무너무너무무너무너무너무 진저리나게 싫다.

결혼하기 전에 연애를 칠 년 정도 했는데 나는 항상 ○○이 여자친구였다. 언제나 ○○이 여자친구였고 내 이름을 물어보는 사람도 거의 없었다. 아예 없었던 것 같다. 누군가의 부속이 된다는 건 정말 슬픈 일이다. ○○은 음악을 해서 무대에 서는 일이 많았고 나는 청중들 속에서 무대 위의 그를 바라보면서 좀 많이 주눅들곤 했다. 공연이 끝나면 이어지는 뒤풀이 자리에서도 나는 당당하고 시크하고 쿨하고 도도하고 너네한테 아무 관심 없다는 태도를 보이려 애를 많이 썼지만 사실 속마음은 자격지심에 타들어갔다. 나는 빨리 등단하고 싶었다. 등단하면서 내 이름을 되찾고 싶었다. 근데 등단을 해도 그런 느낌이 별로 안 들었다(약간 들었다). 그래서 빨리 첫 시집을 내고 싶었다. 그러면 내가 태어날 거 같았다. 근데 또 그게 만족스러울 정도는 아니어서 초조해지고 짜증도 났던 거 같다. 시집이 나오고 ○○의 공연에 의기양양한 마음으로 갔을 때 ○○의 동료가 "너 시인이라며, 근데 네 시집은 어디서 팔아?"라는 말을 했다. 당연히 대형 서점에는 없을 것이라고 단정하고 묻는 투였다. 속이 쓰렸다. 태어날 줄 알았는데! 지금은 그냥 별생각 없다. 별생각 없다는 게 다행스럽기도 하고 사실 조금 창피하기도 하다. 왜냐면 내가 더이상 절치부심의 마음을 갖지 못하게 된 것 같기 때문이다. 그런 조바심이 내게 어느 정도 동력이 되어주기도 하였는데, 나는 왜 점점 마음을 잃어버리게 된 것일까? 왜 작은 일에 연연하지 않는 걸까? 그게 나 자신에게 창피하다.

지금 누군가가 내 이름을 불러주면 참 좋겠다. 이름은 좋은 거니까. 그러나 이름은 늘 내게 모난 테두리를 만든다. 바깥을 볼 수 없다.

수많은 접속사를 전부 지워버리고 싶다.

*

모나미 볼펜의 이름은 왜 153일까? 나흘 전에 넘긴 다음 시집 원고에는 '이름'이라는 말이 총 스물세 번 등장한다. 한 권에 그 정도면 굉장히 높은 빈도 같다. 나는 왜 그렇게 이름에 집착할까? 이름은 정말 끔찍한 형식 같다. 구별하고 독립시키면서 대를 잇는다. 테두리를 만들고 각인한다. 새로운 별을 발견하거나 새로운 종을 발견하면 학자들은 자기 이름을 붙이잖아? 이름을 붙이고 싶어서 새로운 걸 찾거나 만드는 사람들도 있지. 사람도 만들잖아. 자기 성을 주려고.

혼인신고서에 애초에 부모 중 누구 성을 따를 건지 명시해야 혼인신고 가능한 거 아세요? 임신 출산 육아도 안 하는 남자의 성을 내 아이한테 주는 거 이상해.

아이폰 유저이긴 하지만 '애플'이라는 거 너무 상징적이라서 무섭잖아? 생각하면 생각할수록 이상하고 그렇잖아. 파평 윤씨의 파평은 파주에 있는 파평면이래요. 가본 적 없는 땅의 이름이 가장 먼저 주어지는 거. 이름이라는 거.

종종 이름이 참 시인 같다는 얘길 들으면 또 기분이 묘하다? 애초에 원했던 대로 내가 백은미였으면 나는 다른 시를 썼을 것 같고 다른 인생 살았을 것 같고. 왜, 『베르세르크』 보면 나오잖아 "도망쳐서 도착한 곳에 낙원은 없다". 애초에 이름을 갖고 도망친다는 게 가능한가? 근데 〈센과 치히로의 행방불명〉에서는 진짜 이름을 잊으면 도망칠 수가 없잖아. '치히로'는 헤아릴 수 없게 깊다는 뜻이고. 요물이야, 이름이란 건.

눈 코 입 근데 다 다르게 생긴 얼굴처럼.

개명한 친구가 그런 얘길 해준 적 있다. 개명하고 나서 타인이 이름을 만 번 불러줘야 비로소 진짜 자기 이름이 되는 거라고. 누군가가 잘못해서 예전 이름을 부르면 다시 0으로 돌아간다고. 나는 실수로 자꾸 예전 이름을 불렀다. 미안해. 자꾸 걔를 0으로 돌아세웠다. 테이프에 녹음해놓고 반복 재생하라고 웃으면서 말했다.

인간은 태어나는 순간 인간이 되는 건 아닌 거 같다. 끝내 인간이 못 되고 죽는 사람도 있겠지? 나도 그렇고. 우린 언제 태어나는 걸까? 나 만 번은 불린 거 같은데. 백은선. 징그러워. 이젠 이게 내 이름처럼 보이지도 않아. 계속 적으면 미칠 수도 있다고 느껴.

이름이란 정말 좋은 것일까? 장미는 장미라고 부르지 않아도 장미인데. 왜 우리는 누군가가 불러줘야만 태어났다고 느끼게 되는 걸까? 내가 너에게로 가서 꽃이 되고 싶지 않으면 나는 무엇으로 호명될 수 있을까?

이름이란 아름다운 동시에 대상화의 가장 첫 단계인 것 같아서, 이름이라는 것 자체가 애초에 비극의 성질을 가진 것 같다고. 꽃이 피고 봄이 오는데요. 사람들은 전부 마스크를 쓰고 돌아다니고요.

물이 마른 폭포를 보러 다녀왔고 가끔은 마스크가 얼굴을 가려준다는 게, 그걸 쓰고 돌아다니는 게 이상해 보이지 않는다는 게 좋아요.

어릴 적 왕따 당할 때 비 오는 날을 좋아했었다. 우산 속에 숨을 수 있어서. 숨고 싶고 드러나고 싶은 이 기분은. 나는 요즘 내가 자기애성 인격장애가 아닐까, 자주 생각한다. 원할 때만 쓸 수 있는 투명 망토가 있다면 참 좋겠다.

이런 날들은 지나가지 않을 거니까

나도 감자를 사고 싶어. 아침마다 진품센터(코로나19 여파로 어려움에 처한 농가를 살리기 위해 강원도에서 직거래로 감자를 십 킬로그램에 오천원 무료 배송으로 판매하여 각종 SNS에서 화제가 된 홈페이지)에 들어가보는데 그때마다 솔드아웃이었다. 대체 그걸 사는 사람들은 어떤 능력자인 걸까? 대학 졸업할 때까지 인기 있는 교양 수업 수강 신청을 성공하지 못한 나여. 광클과 거리가 멀어서인가요? 나도 그 감자를 사고 싶다. 카레도 해먹고, 감자전도 해먹고, 감자볶음도 해먹고, 버터를 얹어 에어프라이어에 돌려 먹고 싶다. 감자. 어쩐지 생각만 해도 침묵과 어울리는 다정한 것. 흙속에서 자란 뿌리가 맛있다는 게 가끔 신기하다. 식물학적으로는 오류일지 모르지만 어쨌든 빛이 관여하지 않은 생명을 몸속에 집어넣을 수 있다는 게 좋다.

사실 내가 제일 좋아하는 요리 재료는 양파다. 양파는 어디에 얼마나 넣든 너무너무 맛있다. 내가 가장 좋아하는 양파 요리는 프렌치어니언수프다. 이름이 거창해서 그렇지 사실 양파를 약한 불에 아주 오래 볶고 물을 부은 다음 치킨스톡을 넣으면 되는 요리다. 만약 조금 더 사치를 부리고 싶다면 물을 넣을 때 화이트와인을 함께 넣으면 된다. 달지 않은 것으로. 그러면 건더기에 고기가 없어도(고기가 들어가지 않은 요리는 맛이 없을 거라는 편견에 사로잡힌 사람이 종종 있다) 아주 맛있는 요리가 탄생한다. 사실 치킨스톡이 치트키인 것 같다. 어쩐지 치킨스톡이란 내 머릿속에서 서양의 다시다 같은 것이다. 넣으면 다 맛있어지는 마법 가루 같은 거.

못 먹는 것은 없지만 좋아하지 않는 것은 당근이다. 어렸을 때부터 지금까지 생당근을 좋아하지 않는다. 익힌 당근은 괜찮다. 어렸을 때 싫어하던 음식들을 커서는 대부분 좋아하게 되었는데 왜 생당근만은 예외일까? 그리고 어떻게 그렇게 주황색일 수 있을까? 자연의 색이 가끔 가장 인공적인 것 같다.

영화 〈마션〉의 주인공 맷 데이먼도 감자 먹고 화성에서 버텼다(화성에 놓고 왔어야 하는데 나쁜 놈). 생각해보자, 양파를 먹고 버티거나 당근을 먹고 버텼다고 한다면 아마 쉽게 납득이 되지 않았을 거다. 감자는 사람을 버티게 만드는 음식인 것 같다. 마늘이랑 쑥 먹고 버티고 그러는 건, 다른 종이 되기 위한 절박 같은 것은 나는 잘 납득이 되지 않는다. 그래서 호랑이는 포기하고 그러잖아? 대체 왜 인간이 되려고 그렇게 열심히 했는지 우화라고 해도 이해 안 가긴 하지만.

그러고 보니 감자, 하면 어쩐지 백석이 생각난다. 백석은 먹을 거에 관심이 많은 시인이었다. 백씨들이 그런가보다(농담임). 백석 시 「하늘 아래 첫 종축 기지에서」에도 감자가 등장한다. 감자와 감자로 빚은 술 그리고 새끼를 낳는 돼지. 말로 다 할 수 없는 생명에 대한 축복과 기쁨이 넘치는 시다. 나도 잘 몰라서 방금 찾아봤는데 종축 기지라는 건 종자로 삼을 가축을 기르는 우리 같은 것이라고 한다. 종자? 종자란 씨앗 같은 건데. 갑자기 시가 달리 읽힌다. 의미를 잘 모르고 읽었을 때는 왜인지 그 시가 굉장히 SF적이라고 생각했는데 그렇다면 돼지가 새끼를 낳은 기쁨은 어디서 온 거였지? 무엇에서부터? 그러니까 기원이 뭐지? 기쁨을 의심하게 된다.

의심이란 내게 나쁜 말이 아니다. 의심 없이 믿는 것이 나쁜 것이다. 의심이란 면밀히 살펴보고 검증하는 절차니까. 그건 더 오래 바라본다는 뜻이다. 난 무엇이든지 의심하는 버릇이 있다. 그게 좋은 건지 나쁜 건지 옳은 건지 그른 건지 그걸 어떻게 바라보고 어떻게 받아들일 수 있을지 조용히 생각하는 거다. 물론 옳고 그름을 가릴 수 없는 일이 더 많다. 그래도 그게 하양에 가까운 회색인지 검정에 가까운 회색인지 보는 건 중요한 일이다.

백석 얘기가 나와 말이지만 내 친가 외가 조부모는 모두 이북 출신이다. 나는 북한에 가본 적 없지만 내 핏줄이 북한이라고 자주 생각하곤 했다. 어렸을 때는 명절마다 이산가족 상봉 프로그램을 온 가족이 뚫어지게 봤다. 할아버지 때문이다. 할아버지가 북한에 부모 형제자매 그리고 처자식을 두고 왔기 때문에, 혹시라도 아는 사람이 나올까봐. 할아버지는 절대 채널을 돌리지 못하게 했다. 나는 명절 특집 쇼 같은 것이 보고 싶었는데. 대신 티브이 속 얼굴과 할아버지 얼굴을 번갈아 바라보기만 했다. 눈빛을 보려고. 혹시 닮았는지 확인하려고. 그런 이상한 긴장 같은 것이 명절마다 늘 있었는데 할머니는 서운하거나 속상한 기색 한번 보인 적이 없다는 게 어른이 된 지금 떠올려보면 미스터리다. 할머니는 그런 할아버지를 어떻게 견뎌냈을까?

애도는 어떤 방식으로 이루어지는 건지 아직도 잘 모르겠다. 한번은 죽음의 의미에 관한 히라노 게이치로의 말을 듣고 울었던 적이 있다. 잘 기억나지 않지만 타자의 죽음은 그 사람이 죽는 것뿐만이 아니라 그 사람의 기억 속에 존재했던 나 또한 한 번 죽는 것과 다름없다는 내용이었던 것 같다. 영원히 존재하고 싶으면서도 완전히 삭제되고 싶다. 플러그를 뽑는 것처럼 기억도 전부 가져가고 싶다.

내가 가진 가장 커다란 단절은 이혼이라는 사건이었다. 죽음과 거의 유사했다.

이혼을 하면서 스스로에게 가장 많이 했던 질문은 통속적이지만 '저 사람이 정말로 나를 사랑한 적이 있었을까?'였다. 나는 그게 너무 궁금해서 직접 물어보기도 했다. 대답은 "사랑이 뭔지 모르겠다"였다. 말은 정말 무섭다. 한번 들은 말은 마음속에서 사라지지 않고 계속 자라나서 점점 더 무성해진다. 그러다보니 사랑의 본질에 대해 오래 고민하는 지경에 이르렀다. 쉽게 질문을 던지는 게 아니었는데. 왜 그런 걸 물어가지고. 괜히 씨앗을 받아버려가지고 저절로 자라고 자라고 자라게 만들어버렸을까? 질문은 질문을 증식시켜버려서 결국 이제는 나도 사랑이 뭔지 모르겠는 순간이 오곤 한다. 짜증난다. 어쩌면 사랑은 사회적 관습이나 관념, 환상 같은 게 아닐까. 그런데 왜 우리는 사랑에 그렇게 환장하지? 나는 아무리 생각해도 그 사람을 정말 사랑했는데 그럼 그건 그냥 내면화된 환상에 불과했나?

그게 사랑이 아니면 뭐지? 집착? 지금도 아이 때문에 전남편을 종종 만나는데 정말 너무 타인 같아서 깜짝깜짝 놀란다. 그러다가 갑자기 내가 사랑했던 그 사람이 언뜻 보이는 순간에는 불에 덴 듯 놀라 물러선다. 그래도 다행인 점은 정말 뜬금없지만 그가 늘 우리 집에 올 때마다 똥을 싸고 간다는 것이다. 그가 똥을 싸고 갈 때마다 남아 있던 정도 조금씩 떨어진다. 어머…… 어떻게…… 이혼한 전부인 집에 와서…… 똥을…… 매번…… 진짜 매번…… 싸고 갈 수가…… 있지……? 테러 같다.

그런 면에서 이혼이란 제도는 확실히 부부를 타인으로 되돌려놓는 의식이 맞는 것 같다.

참으로 다행스럽다.

*

요즘 날씨가 좋다고 한다(3월 26일이다). 나는 절대 밖에 나가지 않는다. 언니네 집 냉장고 털러 갈 때 빼고. 어떤 사람들은 밖에 못 나가서 답답하고 미치겠다고 하는데 나는 그런 마음이 전혀 들지 않는다. 밖에 안 나가니 점점 살이 찐다는 사실만 빼면 느끼는 단점이랄 게 없다. 책 읽고 글쓰고 왓챠 보고 넷플릭스 보고 집안일하고 낮잠만 조금 자도 하루는 금방 간다. 날씨가 좋다고 무작정 밖에 나왔다고 하는 사람들을 보면 덩달아 설레서 내일은 나도 나가봐야지 생각하다가도 막상 다음날이 되면 너무 피곤해서 나가고 싶은 마음이 사라진다. 내가 대체 왜 피곤한 건지 나도 궁금하긴 한데 항상 너무 눕고만 싶다. 아무것도 하기 싫고. 나도 뭔가를 해야 할 텐데, 그치? 너는 뭐하고 있어? 산책도 하고 카페도 가고 그래? 아무 목적 없이 걷고 웃고 꽃도 보고 하늘도 보고 그래? 그러면 거기서 뭔가 발견하고 그래? 나는 밤에 돌아다니는 걸 좋아했는데 밤엔 외출 금지니까. 나가면 뭐해. 돈이나 쓰고 더 피곤해지기나 하겠지.

달고나 커피 같은 것을 만드는 사람들을 봐도 그렇구나 한다. 이건 우울증인가? 우울증 치료를 오래 받았지만 이 치료는 내게 생기를 주기보다는 검은 건반으로만 만들어진 인생을 돌려주는 것 같다. 우울하고 조용하고 차분하고 불안하다. 나는 운전을 하면서 팟캐스트 듣는 것을 좋아한다. 최근 들은 프로그램에서는 자살과 예술가들의 정신병리학적 이야기들이 나왔는데 예술가들이 조울증을 앓는 경향이 많이 있다고(기억에 의지한 거라 약간 틀릴 수 있음) 했다. 나는 조증 상태가 무엇인지 대강은 안다. 많은 영화와 드라마(완소 배우 카야가 나오는 〈스핀 아웃〉을 보면 너무나 빠르게 이해할 수 있다)에서 보았고, 조증을 앓는 지인에게서도 보았다. 그렇기 때문에 최근 내게 조증 상태가 거의 없다는 걸 나는 확실히 알 수가 있다. 그래서 내 삶은 격랑보다는 고여서 썩은 웅덩이에 가깝다는 걸 안다.

비트겐슈타인은 이런 말을 했지. "말할 수 없는 것에 대해서는 침묵해야 한다"고. 나는 그 말을 좋아했던 적이 있다. 지금은 동의하지 않는다. 말할 수 없는 것에 대해 조금이라도, 어설프게라도 계속 이야기해서 말할 수 없는 것을 약간이라도 드러내는 게 좋지 않을까? 그런 목소리가 많아져야 그 안에서 중심에 가장 가까운 것들의 접점이 점점 보이게 되고 결국에는 말할 수 없는 것의 실체가 드러나는 게 아닐까.

감자에서 어쩌다 여기까지 왔나. 그건 N번방 사건 때문이다.

이십육만 명이 지켜봤다는 텔레그램의 방.

이것에 대해 내가 무슨 이야기를 할 수 있을까. 어딘가 나의 리벤지 포르노, 화장실 몰카 등이 있을지도 모른다는 생각을 종종 한다. 교도소에서 여성의 사진을 눈요깃감으로 장당 사천원에 구입하는 수감자들이 있다는 뉴스를 접한 뒤에는, 감방에서 죄수들이 내 셀카를 볼지도 모른다는 생각에 두려워 SNS에 더이상 셀카를 올리지 않게 되었다. 그걸 돌려보면서 품평하고 딸 치는 범죄자 새끼들이 있을 것 같다. 이런 공포는 특별한 것이 아니다. 아마도 대부분의 여성이 갖고 있을 것이다.

유명하지는 않지만 사진과 신상 정보가 인터넷에 노출되어 있는 나는, 옛날에 만났던 누군가가 나를 검색해보며 내 삶을 팔로우할 수 있다는 것에 자주 공포를 느낀다.

더이상 안전하게 한국에서 남성과 섹스를 할 수 없다는 생각도.

나는 성욕이 있다. 이 사실을 말하는 것만으로도 문란한 여성 취급을 받을 수 있다는 것도 안다. 남성의 성욕은 너무나 자연스럽고 당연하게 받아들여지는데 여성이 성욕을 드러내면 그건 낙인이 된다고 배우며 자랐다. 이상한 일이다. 초등학교 오학년 때 수업중에 자위를 하는 남학생이 있었다. 그 아이는 그 행동을 보란듯이 했고 아무 처벌도 받지 않았으며 모두가 함구했다. 왜 그랬을까?

나에게 성폭력 피해 경험이 있다는 걸 어디 가서 절대 말하지 말라고 나를 아끼는 사람들은 말한다. 지금도 그렇다. 나는 공적인 지면에 그 사실을 쓴 일이 있고 그후에 내 시가 피해자가 쓰는 시, 라는 식으로 납작하게 이야기되는 걸 목격하기도 했다. 성매매나 성폭력을 저지른 남성 시인의 시에서 성매매 혹은 성폭력의 흔적을 찾거나 가해자가 쓰는 시, 라는 식으로는 이야기하지 않으면서. 왜 나는 낙인을 짊어져야 하고, 그들은 남자라면 그럴 수도 있다고 혹은 우리가 모르는 게 있을 거라고 옹호를 받는 건가?

N번방은 하루아침에 만들어진 게 아니다. 이 같은 관용이 끝없이 이어지고 이어지고 이어지면서, 그래도 된다고 사회와 가부장제가 옹호하고 수용해주면서 만들어진 것이다. 과연 이십육만 명

만 봤을까? 술자리에서 내가 이런 방에 들어가 있는데 이것 좀 봐라? 대박이지? 하면서 돌려보는 일이 없었을까? 내 합리적 의심에 의하면 그걸 본 사람은 단지 이십육만 명만은 아니었을 것이다.

지인을 능욕하고 여성을 노예로 만들기까지 하면서 그들이 구매한 특수한 쾌락이라는 것은 무엇인가? 한 번이라도 여성을 동등한 인간으로 생각했다면 도저히 할 수 없었을 그 일들은. 나는 조주빈을 악마라고 말하고 싶지 않다. 그 사람은 그냥 한국 남자다. 한국 남자를 오래 삶아 만든 엑기스 같은 것이지 다른 종이 아니라고.

왜 '그 판사'가 이 사건을 맡게 되었을까? 우연일까?

나는 내가 끝없이 질문하면서 그 질문에 더 올바른 대답을 하려고 노력해야만 하는 이런 삶이 싫다. 왜 싫으냐고? 남자들은 안 그럴 테니까. 무언가를 이해하고 스스로에게 대답을 돌려주려고 애쓰는 것은 왜 늘 약자의 일인가?

이 글 전체를 처음부터 다시 읽어보았는데 너무나 두서없다. 그렇지만 이 두서없음이 현재 우리가 처한 삶 그 자체라고 생각해서 일부를 삭제하거나 들어내지 않고 그냥 그대로 송고하기로 한다. 중심 없이 모든 게 흔들린다. 불안 속에서. 그러나 웅크리고 있을

수는 없다고. 생각하고 말하고 떠들어야 한다고. 그러면 말할 수
없는 것들이 점점 실체를 갖게 될 거라고 미력하지만 믿으며.

침묵은 아무것도 밝히지 못한다

아버지는 내가 어렸을 때 남자에게 여자는 변기라고 했다. 그 말은 내내 남아 영향을 미쳤다. 기억해낼 수 있는 어린 시절부터 아버지는 언니와 내게 폭력을 행사했다. 언니는 얼굴이 찢어져서 응급실에 실려간 적도 있다. 나는 자주 목을 졸리고 발로 걷어차였다.

오늘은 2016년 10월 22일이다. 이익과 이자혜에 대한 폭로, 문단 내 성폭력에 대한 여러 폭로가 있었다. 이것을 '폭로'라고 말하는 것이 온당한지 한참을 고민했다. 나는 반 이상 원고를 작성해둔 상태였지만 한 문단만 남기고 지웠다. 다시 써야 한다고 느낀다. 나는 괴롭고 숨이 빨라지고 손이 떨리고 불안하고 초조하다. 나는 젊은 여성 문인으로서의 책임과 죄책감과 여성으로서 살며 내가 겪어온 일들을 맨 앞의 기억부터 다시 되새기느라고 기진맥진해진다. 나는 무엇을 말해야 하나. 어떻게, 어디까지 말할 수 있나.

SNS를 이용하지 않을 경우, 이 문제의 심각성과 정황을 잘 이해하지 못하고 있을 것 같다는 생각이 든다. 많은 사람들이 미성년 혹은 이십대 초반일 때 문단 권력을 가진 기성 문인 남성에게 성폭력을 당했고 그 경험을 SNS를 통해 폭로했다. '#문단_내_성폭력'은 결코 개별적인 일, 단순히 개인의 일이 아니다. 출판계 전체가 귀를 기울이고 지속적으로 방향을 모색해나가야 한다. 지금의 폭로는 아직 빙산의 일각에 지나지 않는다. 우리가 아직 모르는 고통이 그만큼 많고 그것을 외면하고 지내온 만큼 더 많이 아파야 할 것이다.

이러한 상황에서 문학 작품 속에 드러난 여성성, 젠더적 의의에 대해 말하고, 그것과 페미니즘에 대해 말하는 것이 대체 무슨 소용일까. 그건 얼마나 기만적인 행위일까. 상처받고 그 기억 때문에 아파하는 많은 여성들이 가슴속에 품어왔을 절망을 생각하면 그럴 수 없다.

트위터에서 미국 시인 뮤리얼 루카이저의 '만약 한 여성이 자신의 삶에 대해 털어놓는다면 어떻게 될까? 아마 세상은 터져버릴 것이다'라는 말을 보았다. 여전히 지옥은 가슴속에서 터질 듯 끓고 있다. 나도 그렇다. 그것을 써야 한다는 마음과 쓸 수 없다는 마음 사이에서 나는 수없이 찢기고 있다.

성폭력을 당하게 되면 당하는 순간에는 그것이 성폭력임을 인식하지 못하는 경우가 많다. 사람들은 왜 그렇게밖에 대처하지 못했느냐고 묻는다. 그런 물음은 새로운 상처가 되고 피해자의 입을 다물게 만든다. 피해자는 사건에 대해 오랜 시간 곱씹고 살아내면서, 봉합하려고 애쓰면서 점점 깨닫게 된다. 그것이 내게 일어난 폭력이고 나는 피해자라는 사실을. 시간이 흘러도 폭력은 계속해서 현재에 있고 매번 나를 새롭게 난도질한다. 나는 내가 여지를 준 것은 아닌지, 물으며 자주 자신을 원망한다. 계속해서 스스로를 몰아세운다. 그때의 나는 나의 편에 서 있지 않다. 나는 내게 질문했던 주변 사람들과 같은 자리에 나를 둔다. 그래서 상처받은 나는 혼자 남는다.

나는 최근 페미니즘을 접하고 관련된 책을 읽으면서 나를 '불쌍한 피해자'로 재현해서는 안 된다는 깨달음을 얻게 되었다. 그 또한 남성 주체 권력이 원하는 한 가지 방식이며 그런 피해자의 모습이 오래도록 내게 뿌리깊게 내면화되어 있었다는 것을 안다. 나는 내 안에 있는 여성혐오를 아직도 다 지우지 못했고 그것과 함께 살아가고 있다는 것을, 부끄럽지만 먼저 고백해야겠다.

나는 고등학생 때 담임선생에게 성폭력을 당했다. 당시 내가 가장 가까운 사람들에게서 받았던 질책은 피해자가 겪는 가장 흔한 일이리라고 생각한다. 그 질책은 침묵을 작동하게 한다.

친구(이 친구는 내게 엄청난 영향을 주는 사람이었다)는 생일

선물로 내게 소설을 써주었다. 도로시(내 인터넷상의 닉네임이었다)라는 소녀가 숲속에 오두막을 짓고 산다. 그녀는 절대 오두막 바깥으로 나오지 않는다. 사람들을 피하고 혼자 안온하게 지낸다. 오두막 안에서 음악도 듣고 책도 읽는다. 도로시는 대문에 열린 자물쇠를 걸어둔다. 누군가 눈치채고 자신의 오두막에 들어와주기를 기다린다. 그날 밤 늦은 남자가 도로시의 집에 침입한다. 도로시는 속수무책으로 폭력을 당하고 만다. 나는 소설을 읽고 그것이 나에 대한 비난과 질책이라는 것을 알았다. 나는 스스로가 수치스러웠고 부끄러웠다.

나는 가해자가 어떻게 살고 있는지 자주 궁금했다. 그 사람의 집에 찾아가 부인과 아이들 앞에서 그 사람을 해하는 상상을 얼마나 많이 했는지 모른다. 엄마에게 정신과에 가게 해달라고 부탁했지만 엄마는 대학도 못 가고 취직도 못하게 될 거라며 거절했다. 경찰에 신고하겠다고 했을 때도 엄마는 안 된다고 했다. 엄마의 질문이 지금도 불쑥 생각나 나를 찌른다. 그 사람 정말 서울대 나온 거 맞니?

친구는 나중에 음악평론가가 하는 뮤직바에서 일했는데 내게 아르바이트 자리를 주선해주었다. 그 바에서의 일은 손님에게 술을 따라주고 캐주얼 토크를 하는 것이었다. 당시 나는 어른 남자를 무서워했고 일을 잘하지 못했다. 사장이 친구를 따로 불러내 네 친구 왜 그렇게 일을 못하느냐고 물었다고 한다. 친구는 남자에게 많이 데여서 그렇다, 고 대답했다고 한다. 그다음날 사장은 나를 강간하려고 했다. 내가 마감하고 설거지를 하는 동안 테이블을 한쪽으로 밀어놓고 가게 문을 잠그고 의자를 붙여 침대처럼 만들어두었다. 친구에게 도저히 말로 전할 정신이 없어 상황을 정리해 메일을 보냈다. 친구에게서, 인생은 쿠키 상자 같은 것이야. 이번에는 맛없는 쿠키였을 뿐이야. 다음에는 맛있는 쿠키가 있을 거야, 라는 답장을 받았다. 친구는 그후로도 삼사 년 동안 그곳에서 일했다.

나는 대학생이 되어 애인이 생겼다. 사랑하는 사람들이 서로의 비밀을 털어놓고 위로하고 울고, 그런 밤이 있듯. 나도 그에게 고등학생 때 일을 털어놓았다. 그는 나를 위로했다. 나를 끌어안아주었다. 그런데 그는 가끔 나를 비난하거나 나무라는 것 같은 말을 하곤 했다. 네가 처신을 똑바로 했더라면 그런 일이 없었을 텐데, 라는 뉘앙스의 말들이었다. 그때 나는 이 일을 누구에게도 말하면 안 된다는 걸 알게 되었다. 사랑받고 싶었고 그 사람을 잃고 싶지 않았다. 나는 그 일로 내가 처신이 바르지 않은 사람, 여성으로서 단정하지 못한 사람으로 비칠 수 있으며 더이상 사랑받지 못할 수 있다는 것도 알았다. 그런 사람의 사랑이라면 안 받아도 그만이라고 생각할 수도 있겠지만 그때 그 사람의 사랑은 내게 세계 같은 것이었다. 나는 그 사람이 시키는 대로 담배도 끊었다. 옷이며 화장도 그 사람이 좋아하는 스타일로 하려고 했다. 그때 내가 사랑받기 위해 했던 노력들이 폭력의 일부였다는 것을 지금은 안다.

나는 최근에도 내가 성폭력 피해를 당할 만한 사람이어서, 그럴 만한 행동을 해서…… 그런 일을 당한 것인지 혼자 있는 시간에 스스로에게 묻곤 한다. 나는 종종 내게 가혹해진다. 친구, 엄마, 애인이 했던 것처럼 질책하고 비난하고 스스로 수치심을 느낀다.

문단 안에서 여성으로, 젊은 여성으로 존재한다는 것은 어떤 의미일까? 문단은 여성에게 열려 있는가? 내 생각에는 그렇지 않다. 주요 문예지들을 살펴보면 편집위원은 대부분 남성이며, 문단 술자리에 가보아도 중견 이상은 거의 남성이다. 나는 문단 내부에도 유리천장이 존재하며 다른 바닥처럼 여성에게 너그럽지 못한 부분이 있다고 생각한다.

그렇지 않은 사람이 더 많겠지만 문단에서 가벼운(?) 성희롱과 스킨십을 겪은 적도 많다. 예쁘다, 못생겼다, 뚱뚱하다, 그 정도면 괜찮은 몸매지, 술 좀 따라봐라, 한번 자자 이런 식인데, 임신중에는 '요즘에는 왜 이렇게 애 밴 년이 많냐'는 얘기도 들었다. 임신중인데 왜 돌아다니느냐는 말도. 임신한 여성은 여성 개인이기 이전에 움직이는 '아기의 집'으로 취급된다. 누군가 내 허벅지에 손을 올렸을 때 정색하지 못하고 잠깐 화장실 좀 다녀올게요, 하고 웃으며 일어나 다른 자리로 가려고 하다가 왜 비싸게 구느냐는 말을 들은 적도 있고 자기 무릎에 앉아달라는 선배 시인도 있었다. 어떤 시인은 넌 나랑 오 년 안에 자게 될 거다, 라는 말을 하기도 했다.

분내가 난다, 야하고 남자를 망하게 할 관상이니 지금이라도 빨리 남자친구랑 헤어지고 나를 만나는 게 나을 거라는 얘기를 한 시인도 있었다. 치아교정을 하고 있었을 때는 교정한 여자랑 키스하면 어떤 기분일지 궁금하다는 말을 들었다. 이 일화들도 기억의 일부만 적은 것뿐이다.

요즘 꼭 듣는 말은 '애는 어쩌고?'이다. 남편은 그런 말을 한 번도 들은 적 없다고 한다. 그럴 때마다 일일이 여성혐오라고 정색하며 지적하지는 못한다. 어린 여자 후배로서, 나는 가끔 내가 술자리에서 동료 작가가 아닌 여성으로만 존재한다고 느낀다. 이전에는 몰랐던 것들이 이제야 눈에 보인다. 내가 몰랐던, 그냥 기분 나쁘고 불쾌했던 것들이 여성혐오였던 것이다.

많은 잡지에서 최근 페미니즘 특집을 하고 있다. 왜 그럴까? 페미니즘이 유행 담론이며 그러한 특집을 해야 시류에 발을 맞출 수 있다는 것, 그 특집으로 잡지 판매량을 늘릴 수 있다는 계산도 분명 있을 것이다. 그러나 페미니즘은 상품이 아니다. 이러한 방식으로 다루어지다가 금방 수그러들고 그 자리에 금세 다른 담론이 들어올까 걱정되기도 한다. 페미니즘은 유행처럼 소비되고 그칠 성질의 것이 아니다. 한두 번의 특집으로 다루어질 사안이 아니다. 우리는 실제로 문제가 사라질 때까지 무엇이 지속적으로 실천 가능할지 고민해야 한다. 나는 페미니즘을 공부한 뒤로 페미니즘이 단지 차별에 대해 목소리를 높이는 학문이 아니라는 것을 알게 되었다. 내가 이해한 페미니즘은 기성의 단일화된 목소리에서부터 여러 가지 목소리로의 이행이다. 그것은 기성에 대한 부정이나 남성에 대한 공격이 아니다. 단지 조화와 존재에 대한 인정을 원하는 것이다.

그렇다면 어떤 것을 실천할 수 있을까? 만약 문단 내에 100인 위원회* 같은 것을 만든다면 이와 같은 성폭력 문제를 조금은 해소할 수 있지 않을까? 영화 〈걷기왕〉 촬영 현장처럼 성폭력에 대한 사전 교육이 시행된다면 무엇이 그르고 옳은지 전혀 '몰랐다'고 일관하는 남성들의 무지가 줄어들 수 있지 않을까? 또 더 무슨 노력을 할 수 있을까? 피해를 구제하고 예방할 수 있도록 여성 문인 중심의 연대체가 있으면 좋을 것 같다. 이미 그러한 움직임이 있다고 들었다.

작가를 지망했던 수많은 여성들이 나와 비슷한 일을 겪었다. 함

---

* 운동사회 성폭력 뿌리뽑기 100인 위원회는 '운동사회 내 가부장성과 권위주의 철폐를 위한 여성 활동가 모임'에서 출발해 2000년 7월부터 2003년 10월까지 약 삼 년간 활동했다. 이들은 여성의 경험을 중심으로 성폭력을 개념화하고 사건을 공론화하였다. 특히 진보 진영의 뿌리깊은 가부장성을 비판하고, 가해자 중심주의를 깨기 위해 '가해자 실명 공개' 방식을 택했다. 이 방식은 가해자들의 반론과 명예훼손 법정 소송 등 엄청난 논란을 불러일으켰다. 그러나 100인 위원회의 활동은 기존의 제한적인 법적 논리를 공박하며 여성의 '피해'를 드러냈다는 점에서 반성폭력 운동사에 하나의 전환점을 이루었다. 정희진, 『페미니즘의 도전』, 교양인, 2005 참조.

부로 그 마음을 안다고 말할 수 없다. 트위터에서 '#문단_내_성폭력' 해시태그를 통해 자신의 아픔을 드러내고 용기를 내주신 분들이 많다. 나는 그분들이 없었다면 이 글을 쓸 엄두도 내지 못했을 것이다. 부끄러운 감사를 보내며 부끄러운 손을 내민다. 내가 여성 작가로서 그분들을 위해 할 수 있는 것은 그분들의 목소리를 공적인 자리로 호명하는 것이다. 때문에 블로그, 페이스북 등에 글을 쓸 수도 있지만 이 지면을 빌려 '#문단_내_성폭력'에 대해 말해야 한다고 생각한다. 왜냐하면 나는 단지 문인이라는 이유로 피해자분들이 목소리를 내고 의견을 드러냈어야 할 지면을 먼저 할애받았기 때문이다. 아직도 고통은, 아픔은 끝나지 않았다는 것을 안다. 끝날 수 없다는 것도. 나는 다만 그분들의 용기에 지지를 보내고 함께 연대한다고, 적고 싶다. 나는 겨우 여기까지 적었다. 다른 사람들의 용기가 나를 이만큼이나마 쓸 수 있게 도와준 것이다. 김현 시인은 『21세기문학』 2016년 가을호에 발표한 글 「질문 있습니다」에서 '왜 수치는 당한 사람의 몫이냐'고 물었다. 그 문장이 내내 마음에서 떠나지 않는다.

나는 어려서부터 폭력을 당하며 살았고 학교에서는 초중고 내내 왕따였다. 이 사실을 고백하면 사람들은 왕따한테는 왕따 당할 만한 이유가 있더라, 라고 했다. 내가 생각해도 그런 것 같았다. 내가 관계에 있어서 서툴다는 것을, 스스로를 사랑하지 못하고 타인에게 사랑받는 것을 통해서만 스스로를 인정하려 했다는 것을 최근 정신과 상담을 받으면서 깨닫게 되었다. 나는 순백의 피해자가 아니며 내가 피해자라고 밝힐 입장이 못 된다고 생각했다. 스스로를 피해자로 낙인찍는 순간부터 조용히 '짜져 있어야' 된다고 생각했고 그렇게 살고 싶지 않아 침묵한 면도 있다. 쿨하게 아무렇지 않은 척하고 싶었다.

한 가지 더 고백해야 할 것이 있다. 이번 일들을 겪으면서 나는 내가 피해자만은 아니라는 것을 깨달았다. 나는 가만히 있었다. 피해를 당할 때도 피해를 목격할 때도. 나는 방조자였다. 그것이 얼마나 큰 죄인지 이제는 안다. 가해자로 지목된 사람들 중에는 한때 나와 가깝게 알고 지냈던 사람들도 있다. 내가 그들의 행동을 단지 몰랐다고 할 수 없다. 너무나 부끄럽고 마음이 아프다.

등단한 지 얼마 되지 않았지만, 나부터 여성 문인으로서 힘을 내야 피해 여성들, 문청들이 힘을 낼 것이고, 그들에게 조금이라도 도움을 줄 수 있을 것이라고 생각한다. 남성 문인에게 폭력을 당했으니, 눈 밖에 났으니 앞으로 문단에 발도 못 붙일 것이라고 생각하는 사람들의 공포를 전해들었다. 그것이 얼마나 큰 공포인지 안다. 그런데 아니다. 그렇지 않다고 말해주고 싶다. 그리고 그렇게 되지 않도록 만들어갈 것이다.

이 글을 마무리하는 오늘은 11월 10일이다. 마감날이다. 10월 22일부터 오늘까지 또 많은 변화가 있었다. SNS에서는 더 많은 폭로가 있었고 가해자들의 사과문도 많이 올라왔다. 처음 '#문단_내_성폭력' 해시태그 운동이 시작될 때와는 또다른 양상으로 사건이 번지고 있다. 여러 익명 계정이 생겼고 피해자 본인이 아닌 타자들이 자신이 아는 가해 사실을 떠벌리는 일 또한 발생하고 있다. 폭로가, 폭로전으로 가속화된다면 우리는 우리를 위해 목소리를 내고 용기를 낸 피해자들에게 또다른 폭력을 행사하게 될지 모른다. 너무나도 당연한 이야기이지만 피해자에게 폭로를 강요해서는 안 되며, 어려운 용기를 통해 폭로된 사실을 묵인해서는 안 될 것이다.

내일, 11월 11일에 고양예고 문창과 졸업생 연대 /탈선/은 고발자 및 피해자 지지 성명을 발표한다고 한다. 이 글이 실린 잡지가 출간될 때는 이미 성명이 끝난 후일 것이다. 우리는 /탈선/ 성명 발표와 같이 지속적이고 체계화된 움직임을 가지고 나아갈 방향을 찾아야 할 것이다. 고양예고 문창과 졸업생들이 이와 같은 일을 조직하고 주도하여 공론화하고 있을 때 나는, 우리는 무엇을 하였는가.

왜 여성들이 자신의 피해에 대해 묵인할 수밖에 없었는지, 또 이제까지 마음에 담아두기만 했는지. 왜 가해자를, 출판계의 현실을 나무라는 것은 여성이 아닌 다른 남성인지, 왜 피해자는 지워지는지 생각해봐야 한다. 여성에게는 아직도 입이 없는 것 같다. 여성은 자신이 겪은 폭력과 수치를 발화하지 못하도록 평생 동안 교육받고 내면화하면서 살아왔다. 이제는 달라져야 하지 않을까. 나는 아직도 주저한다. 나는 아직도 무섭다. 그렇지만 무서워만 하고 침묵해버린다면 아무것도 달라지지 않을 것임을, 이제 나는 알고 있다.

홀리는 인간

이렇다 할 사건 없이 하루하루를 보내는 나날 외중에 글을 쓰다 보면, 현재보다 기억에 의존하게 되고 간접경험을 통한 감정에 치우치게 되어버리는 것 같다. 어쨌든 글을 써야 하는데 삶에서 오는 사건이나 자극이 없다보니 과거를 뒤적거리게 되는 것이다. 왜 밤이 지나면 아침이 올까? 심장은 왜 몸의 피를 돌리나? 왜 어떤 식물들은 잎보다 꽃을 먼저 내보낼까? 그 순서에는 무슨 이유가 있을까? 봄이 오면 유독 그런 생각을 많이 하는 것 같아. 돋아나는 새싹들이 징그럽고, 피어나는 꽃들을 전부 쥐어뜯고 싶은 그런 마음. 망쳐버리고 싶은 것이 있다고, 세계를 더이상 이해할 수 없다고 방황하게 되는 마음. 빛에 홀려버릴 듯한 현기증. "오징어들은 왜 빛을 좋아해?" 아이가 물었다. 뭐라고 대답해주면 좋을까 고민하다가 추광성을 가진 생물들에 대해 이야기해주었다. 사실 인간도 추광성이라고 속으로 생각했다. 그런데 생물의 추광과 인간의 추광은 조금 달라서 생물의 추광이 직진이라면 인간의 추광은 비틀린 나선 같은 거라고. "바닷속이 너무 깜깜해서 오징어들이 빛을 따라가고 싶어하나봐. 그런 걸 빛에 홀리는 거라고 해." "엄마, 빛을 보고 있으면 이선이가 자꾸 여러 개로 보여. 이선이도 빛에 홀린 거 같아." 어두운 창문을 보며 아이가 말했다. "그래, 창문이 여러 겹이라서 그래." 웃으면서 말하고 "얼른 밥 먹자. 식겠다." 창백한 조명이 창 위에서 두세 겹으로 번져 흔들렸다.

전에는 모르는 걸 모르겠다고 말하면 엄마도 모르는 게 있느냐고 놀라더니 요즘은 인터넷에 찾아보라고 성화다. 태어날 때부터 스마트폰과 유튜브에 둘러싸여 자라는 지금 세대의 아이들은 나중에 어떤 어른이 될까? 두려우면서도 궁금한 마음이 들었다. 인터넷 쇼핑을 못하고 키오스크 때문에 주문에 어려움을 겪고 마스크를 찾아 약국 앞에 줄을 서는 우리 할머니처럼, 나도 언젠가는 기술과 발전을 따라갈 수 없어 수고를 겪게 될 것이며, 정보와 교류에서 소외될 것 같다. 학교는 코로나19로 인해 4월 6일로 개학이 연기되었는데 이번에는 과연 연기되지 않고 개학을 감행할까? 초중고가 동시에 개학을 하면 분명히 일이 터지고 말 것 같은 불안감이 엄습한다. 애들이 일곱 시간씩 마스크를 착용하고 있을까 과연? 나도 답답한데. 날은 점점 따뜻해질 텐데, 생각만 해도 인중에 땀이 흐르는 것 같다. 게다가 마스크를 쓰면 목소리를 더 높여야 하니까 나처럼 웅얼거리는 작은 목소리를 가진 선생은 그 시간 내내 수업을 진행하다간 금방 목이 나갈 것이다. 매일 아침 아이를 등원시킨 후 네이버에 '코로나19'를 검색해보는 게 일과가 되었다. 확진자가 몇 명 늘었나, 격리 해제는 얼마나 되었나, 하루 동안 또 누군가가 숫자로 표시되는 죽음을 맞이했는가. 모태교가 천주교이며 십육 년 동안 성당에 다니고 교리를 배운 나는 근래 종종 「요엘서」의 내용을 떠올리게 된다. 지구를 위협하는 이 전염병이 인간을 향한 신의 진노가 아닐지 의심하게 되는 것이다. 이제 정말 심판의 날이 다가오고 있는 것은 아닐까. 이성적으로는 그렇지 않다는 것을 자각하면서도 불쑥불쑥 그런 생각이 떠오른다. 냉담자가 된 지 오래되었고 신이 없다고 생각하면서도 태어나면서부터 중학교를 졸업할 때까지 받아왔던 교육이 나에게 현재까지 얼마나 큰 영향력을 행사하는지 깊이 통감할 때가 많다.

얼마 전에 '문학과 교육'이라는 주제로 청탁을 받아 글을 쓴 일이 있는데, 나는 솔직히 내가 무슨 문학 교육자라고 할 위인이 못 된다고 생각한다. 나도 못하는 걸 하라고 학생들한테 강요하고 (하루에 시 한 편 쓰기 같은 거) 계속 입으로 문학을 해야 되기 때문에 괴롭고 위선자가 된 것 같은 느낌을 자주 받는다. 좋은 선생이 되고 싶은데. 처음 강의란 걸 하게 되었을 때는 돌아오는 길에 많이 울었다. 그러다 문득 '모든 사람에게 좋은 사람이 될 수는 없는 것이 선생의 노릇'이라던 이원 선생님의 말을 생각했고 그뒤로는 블랙핑크와 소녀시대, 트와이스, 레드벨벳 등 여자 아이돌에게서 커다란 위로를 받게 되었다. 최대 볼륨으로 그들의 노래를 듣고 또 듣고 따라 부르고 있으면 어쩐지 가슴에 얹힌 응어리가 풀려 허공으로 흩어지는 것 같아서 좋다.

그동안 문학을 교육하거나 받는 게 가능하냐는 질문을 세계 여러 나라의 여러 사람에게 받아왔고 그때마다 생각해보았다. 문예창작과에 재학중이거나 습작을 할 때, 시인이 되어 여행을 다닐 때, 사람들이 너는 누구냐? 무엇을 하느냐? 물으면 나는 시를 쓴다 혹은 시를 전공한다, 라고 대답하곤 했는데 서구권 사람들(특히 유럽인들)은 시 쓰는 걸 대체 어떻게 배우느냐? 그게 가능하냐? 하고 다시 묻는 게 보통이었다. 나는 영어를 유창하게 하지 못하기 때문에 그렇다 가능하다, 하고 대답했고 밤에 숙소에 누우면 못다 한 말과 질문들이 자꾸 생각나서 뒤척거리기 일쑤였다. 그리고 머릿속으로 되지도 않는 영작을 해보는 것이다. 다음엔 이렇게 대답해야지. 그렇게 한 줄씩 영어로 그네들에게 해줄 대답을 덧붙여나갔다. 피해의식이 많은 성격이라 그런지 자기네 문학은 짱이고 유구한데 한국이라고?? 한국에도 문학이 있냐?? 대체 무슨 문학?? 그런 느낌을 짙게 받곤 했기 때문이다. 누군가가 불쑥 손을 넣어 휘저어버리는 기분. 누가 그랬어, 외국 나가면 다 애국자 된다고. 내가 무슨 한국문학 대표 선수라도 된 것처럼, 나는 내 대답을 보강해나갈 수밖에 없었다. 지기 싫었고 증명하고 싶었기 때문이다. 대체 무엇을? 무엇 때문에? 그러나 아무리 시에 대해 답하려고 애써도 늘 미진했고 충분하지 않다고 느꼈다. 잔여가 있었고 왜곡이 있었다. 시에 대해 이야기할 때마다 나는 그러한 감정을 자주 느낀다. 그 때문에 시에 대해 말하기를 머뭇거리게 되었고 시에 대해 생각하고 말하기를 멈출 수 없는 요상한 지경에 놓이게 되었다.

그들은 내가 카프카를, 랭보와 괴테와 보들레르와 릴케를, 도스토옙스키와 톨스토이를, 심지어는 폴 오스터와 레이먼드 카버까지 읽었다는 것만으로도 깜짝 놀라곤 했다. '이거 왜 이래 나는 고전뽕 맞고 자랐어, 너네보다 더 많이 읽었어, 이 잘난 백인 놈들아.' 이게 내 속마음이었다. 갑자기 외국 문학 얘긴데 나는 유년 시절 외국 문학을 너무나 많이 읽었다. 지나칠 정도로. 일주일에 네다섯 권씩 읽으면서 자랐으니까. 민음사 세계문학전집을 다 읽어야 문학을 할 수 있다고 생각했으며, 도스토옙스키의 전집을 다 읽었고 내가 안 읽은 유명한 책이 세상에 아직 있다는 게 견딜 수 없이 창피했기 때문에 고전을 다 읽어야만 한다고 굳게 믿었다. 그 독서의 시간들은 내게 자랑이자 부끄러움이다(그래도 『잃어버린 시간을 찾아서』는 다 못 읽었다). 그 시간들이 나에게 나쁜 영향만 끼쳤다고 생각하지는 않는다. 그러나 나는 그들에 의해 만들어진 세계관을 의심 없이 흡수하고 내재화하며 자랐다. 덕분에 나는 수업시간에 늘 학생을 향해 자기 고백의 시간을 갖게 된다. 사실은 내가 백인 남성의 책을 너무 많이 읽어버려서…… 돌이킬 수 없는 강을 건너고 말았노라고…… 내 안에 백인 남성이 떡하니 앉아 있다고……

지금 그 사람은 코마 상태인데 영원히 깨어날 수 없게 영양 공급을 차단해버리려고 노력중이다. 이제 그만 숨을 거두소서.

그러다보니 수업시간에는 거의 구십 퍼센트 이상의 확률로 여성 작가의 작품을 함께 읽는다. 내가 그동안 놓친 것과 현재 범람하는 텍스트 중 읽을 것이 너무 많기 때문이다. 그 옛날에도 여성이 남성과 동등한 교육을 받았더라면 지금 우리가 읽는 것들, 고전의 반열에 오른 작품의 리스트가 얼마나 달라졌을까? 나는 대학 면접 고사장에 가는 지하철 안에서 쇼펜하우어의 책을 읽었던 기억을 지우지 못한다. 대략 '여성은 동물과 같다. 여성도 생각을 할 수 있는지 의문이다'라는 게 화두였고 거기에 대한 남성 학자들의 난상토론을 적은 글이었다. 나는 그걸 읽으면서도(열아홉 살이었다) 아 정말 남성은 여성보다 더 뛰어난 생각을 할 수 있는 걸까? 하고 생각하며 어떻게 하면 그들처럼 똑똑하고 지적인 사람이 될 수 있을지 고민했다. 내가 아는 유명하고 잘난 작가나 학자들은 대부분 남성이었으니까. 그들의 이야기에 진지하게 귀기울였다. 나는 너무 취약했고 책에 대한 광적인 믿음(특히 유럽 지식인에 대한 동경)을 신앙화하고 있었다. 너무나 웃기면서도 슬픈 이야기다.

지뢰가 너무 많다. 그것들을 다 피해 갈 수는 없다. 가르침을 위해 텍스트를 선정할 때 가장 어려운 부분이다. 내가 과연 '알아야 하는 것과 몰라도 되는 것'을 선별할 자격이 있는가. 훌륭하면서도 동시에 여성혐오로 물든 작품은 어떤 방식으로 소개해야 하나. 소개할 가치는 있나. 특히 고등학생들을 가르치면서 그런 고민을 많이 하게 되었는데 내가 마치 그들의 문학의 첫 장을 함께 써나가는 듯한(착각이겠지만) 기분이 들곤 해서 더더욱 조심스럽기 때문이다. 그러니까 문학이라는 것은 작가로서도 쓰면 쓸수록 멀기만 하지만 선생으로서도 가르치면 가르칠수록 멀다. 근데 또 그런 심약한 내 모습을 들킬 수는 없으니까 묵묵히 아는 척하면서, 처음 가본 도시의 가이드가 되어버린 이상한 수행자처럼, 그냥 열심히 진심은 통할 거라고 믿으면서 가르치는 수밖에는 없는 것이다. 여기에서 작동하는 내 믿음의 속성은 결코 순진하기만 한 것은 아니다. 문학에 대한 경험은 평생에 걸쳐 사후적으로 계속해서 수정되는 것이고, 그건 결코 사전에 전부 예감할 수는 없는 것이기에, 늘 미래를 예감하는 동시에 현재에 투신해야만 올바른 태도를 견지할 수 있을 것이라는 경험적 확신에서 비롯한 것이다. 문학의 시간은 늘 현재에 다름 아니기에.

합평에 대해서도 고민이 많기는 마찬가지인데 문학에는 절대적

진리가 없기 때문이다. 그런데 입시 혹은 등단을 갈망하는 학생들을 앞에 두고 무엇이든 자유롭게 써나가라고 끊임없이 독려하는 나는 종종 죄책감을 느낀다. 어떻게 하면 대학입학 실기를 잘 치를 수 있는지를 가르치는 게 중요한가, 좋은 시를 쓸 수 있게 이끌어주는 게 중요한가. 나는 높은 확률로 먹혀들 실기 비법을 알고 있다고 생각한다. 그렇지만 그것을 학생들에게 주입하는 교육을 하지 않는다. 실기는 잘 치를지 모르지만 훗날 문학을 하는 데 그 경험이 오히려 안 좋게 작용할 가능성이 더 크다고 생각하기 때문이다. 그런데 좋은 시는 무엇인가. 공식으로 존재하지 않지만 우리는 정말 좋은 시를 읽으면 그게 좋은 시인 줄 안다. 근데 진짜 아나? 누군가에게는 그 시가 안 좋을 수도 있잖아? 그런 것을 하나하나 고려하면서 수업을 진행할 수도 없고, 결국 내 문학관이 반영될 수밖에 없는 노릇인데 말이죠. 내 문학관이 그른 것이면 어떻게 하죠? 결국 문학 교육에 종사한다는 것은 범죄자이면서 형사인 상태를 유지해야만 가능하다는 생각이 든다.

나는 합평 시간에 되도록 시의 좋은 면을 발견하려고 그리고 장점을 강조해서 이야기하려고 노력하는 편이다. 비판(비난)과 비평의 경계가 아슬아슬하다고 여기기 때문에 안전한 곳에 있고 싶은 것인지도 모른다. 비난은 결코 잊히지 않는다. 족쇄가 되어 시를 쓸 때마다 머릿속 언저리를 떠돌며 속삭인다. 이렇게 쓰면 분명히 안 좋은 이야기를 들을 거라고 속삭인다. 그건 쓰는 사람으로 하여

금 하나의 통로를 폐쇄하는 결과로 이어질 수도 있다. 나는 그 비난을 정면돌파하는 힘이 필요하다고 생각하지만 굳이 시험에 들게 하는 것은 옳지 않다고 생각하기도 한다. 한번은 누군가가 낭독회가 끝난 후 내게 와 말한 적이 있다. 자기 친구가 내 수업을 들었다고, 그 이후로 친구가 시를 쓰는 데 어려움을 겪게 되었다고. 난 항상 생각해, 그 말을. 왜 네가 시를 쓰기 힘들어진 건지, 그게 나 때문인지, 내가 네게 어떤 말을 하고 어떤 시를 읽어주었는지. 네가 어려움 속에 있을 때 내가 힘이 되지 못했다는 것에 나는 슬프고 이루 말할 수 없이 무력감을 느끼기도 해. 너는 집에 가서 혼자 남은 시간에 어둠 속에서 내 말들을 되짚어보곤 했을까. 그게 네 발목을 잡은 걸까. 네가 나를 미워하더라도 시만은 미워하지 않기를 바라. 나도 그때보다는 더 나은 사람이 되어 가르치려고 애쓰고 있어. 그렇다. 수업을 하다가 고개를 들고 학생들의 얼굴을 하나하나 찬찬히 살펴보고는 한다. 이상한 일이다. 도대체 이 좋은 날 왜 여기까지 와서 시를 쓰겠다고. 시가 무엇이길래. 붙들려버려서.

쏟아버린 말과 하고 싶었던 말 사이에는 늘 커다란 강이 있고. 수심은 헤아릴 수 없고. 리베카 솔닛이 『길 잃기 안내서』에서 말라버린 소금 호수를 걸어서 건넌 날에 대해 한 이야기를 기억한다. 말라버린 소금 결정들이 장미 다발처럼 빛났고 그 아름다움에 다가가고자 손을 뻗어 소금을 들어올린 순간 손안에서 부서지고 시

들고 사라져버린 어떤 푸름에 관한 이야기를. 그 이야기는 삶과 사
랑과 그리고 시와 너무나 긴밀하게 이어져 있다.

그렇게 사람과 사람 사이도 멀리 있어서 갈망하게 되는 것 같다
고.

나는 그 심연을 다 보았다고 말하고 싶지 않다.

대신에 추적과 발견의 허공에는 결코 믿을 수 없는 목격만이 남
는다고 말하고 싶다.

불행이 찾아오는 이유

*너 그거 알아? 하루에 검은 새를 세 번 보면 불행이 찾아온다는
말. 그런 말을 믿었어?*

울고 싶다는 생각이 든다. 엉엉 울고 싶다고. 기절할 때까지 울
고 울다가 눈이 멀어버렸으면 좋겠다고 빌던 어린 나처럼 침대에
누워 베개가, 귓속이 축축해지는 걸 느끼면서 온전한 자기연민에
가득차 수도꼭지처럼 울고 싶다. 그런 방식은 나에게 가능하지 않
다. 언제부터 격정의 눈물은 나를 두고 사라져버린 걸까? 마지막
으로 운 게 언제였는지 잠시 생각해보았다. 드라마 〈사랑의 불시
착〉에 '귀때기'라는 멸칭으로 불리던 남자가 있었다. 도청을 직업
으로 하던 그는 자기가 들은 걸 보고할수록 선한 것들이 사라져간
다는 걸 깨닫고 혼자 울면서 소주를 마셨다. 나도 그 장면에서 울

었다. 그는 듣기만 하고 말할 수 없다. 가장 가까운 사랑하는 사람에게도 진실을 털어놓을 수가 없다. 예전에 좋아했던 영화 〈타인의 삶〉이 생각나는 이야기이다. 아마 드라마 작가도 그것을 염두에 뒀으리라.

너 그거 알아? 하루에 검은 새를 세 번 보면 불행이 찾아온다는 말. 그런 말을 믿었어?

들은 것을 도저히 이야기할 수 없을 때 우리는 알레고리를 만들어낸다. 그렇게 늑대와 돼지의 이야기가 생기고 토끼와 거북이 이야기가 생기고 마녀가 아이들을 잡아먹는 이야기가 생겨나게 되는 것이리라. 결국 알레고리라는 건 슬픔의 장르인 것이다. 이 겹들을 걷어내고 그 안에 있는 것을 봐달라는 절박한 외침에 다름 아니다.

반 아이들과 온라인 수업(결국 온라인 개학을 하게 되었고 나는 슬프다) 테스트를 해보았고, 평소에도 큰 반응이 없기로 유명한 우리 반 아이들에게(선생까지 전부 인프피INFP 모임인 것?) 랜선 너머에서 대답을 이끌어내기가 퍽이나 힘들 것 같다는 예감이 들어 한숨을 쉬었다. 빨리 실물로 만나고 싶다, 애들아. 개학하고 나서 또 후기를 남겨야겠다.

오늘은 버터가 잔뜩 들어간 빵이 먹고 싶었고 실제로 먹은 건 오뚜기 컵밥이었고 바람이 많이 불었고 돌아갈 수 없게 되어버리는 어떤 순간에 대해 골몰했다. 이 년 전 절교한 친구에게서 긴 편지가 왔고 편지는 나를 감동시켰고 그 친구는 드디어 나를 이해했지만 나는 더이상 예전의 내가 아니라는 것을 어떻게 설명할 수 있을까? 우리가 멀어지게 된 것은 무엇 때문인가? 나는 알지만 말할 수 없다. 말하고 싶지 않다. 〈타인의 삶〉에 대한 얘기가 나와서 말이지만 내가 독일 나치하에 태어났어도 나는 히틀러에 저항할 수 있었을까? 나치의 유대인 학살에 대해 생각할 때 나를 포함한 대부분이 자신을 유대인의 위치에 놓은 다음 그 시대를 상상하곤 한다고 느낀다. 모두 가해자보다는 피해자가 되고 싶어한다. 자신의 고결함과 존엄함을 너무 쉽게 믿는 게 아닐까. '나는 피해자다'라고 생각하면서 오래 살았고, 이제는 내가 피해자인 동시에 가해자이기도 했으며, 지금도 그렇다고 생각한다. 나는 오래도록 말할 수 없는 것들을 내 안에 적재하며 살아왔다. 그것을 내 안에 안전하게 가두어두면 모든 것이 잘될 거라고 믿었는데 사실은 그렇지 않았고, 말은 육신을 돌며 끝없이 메아리친다. 유령처럼 잡히지 않으며 모든 곳을 통과한다.

너 그거 알아? 하루에 검은 새를 세 번 보면 불행이 찾아온다는

말. 그런 말을 믿었어?

　나는 알레고리로 가득찬 내 시가 징그럽고 무서워. 부릅뜬 눈들이 싫다. 더이상 읽고 싶지 않아졌다. 나는 내 시집 『가능세계』가 피해자의 거대한 진술서 같아서 진절머리나게 싫을 때가 있다.

　시집 내고 한 번도 통독한 적 없다. 한 번 각 잡고 1부까지 읽어본 적은 있다. 너무 멀다는 생각에 기분이 묘했다. 돌아갈 수 없는 지점 중 하나가 되었구나. 무연하고 아름답고 아름다운 메타포들. 토하고 싶다. 구역질이 난다. 나는 왜 그렇게 사로잡혀 있었나. 무엇을 이해하면 깨끗해질 수 있을까. 나의 가장 깊은 고민. 몸의 장기들을 하나씩 꺼내 세탁기에 돌린 다음 다시 장착하고 싶다. 새것을 갖고 싶다. 피를 바꾸고 싶다. 종종 작가들이 가장 애착을 갖는 것은 자신의 마지막 작품, 늘 마지막 작품이라고 말하는 것을 본 일이 있다. 점점 멀어지니까 그런 거 아닐까요? 작가란 것은 내밀한 자신의 내부와 끝없이 멀어지는 일 같아서. 소중한 빛은 하나씩 꺼져버리고 길을 잃어버리게 되고 애초에 가능한 것은 헤맴뿐이었다는 걸. 쓸수록 불행의 구렁텅이로 걸어가는 것 같고 그게 기뻐서. 언제까지 이 일을 계속할 수 있을까? 계속 멀어지다가 블랙홀 속으로 빨려들어가 소멸해버리면 어떻게 하죠. 공전하는 법을 배워야 하는데. 그런 배움이 간절한 순간에는 어쩐지 미즈노 루리코의 시집 『헨젤과 그레텔의 섬』에 실린 작가의 서문이 떠오르곤 한다. 글을 쓰며 궁지에 내몰리고, 더이상 이렇게 쓸 수 없을 것 같다고, 이야기를 풀어나가는 화자의 위치에 자신을 끌어오고 나서야 숨막히는 괴로움에서 어느 정도 빠져나올 수 있었다는 말, 쓰는 행위 자체로 스스로가 드러나면서 비로소 시의 문체를 발견했다고 했던 말을. 나는 스스로를 몰아붙이며 질식할 것 같은 고독을 느낀다. 어떻게 해야 순전히 쓰는 일에 몰두하며 희열을 느끼던 순간을 재경험할 수 있을까. 차라리 아주 깊이깊이. 꽁꽁. 그것도 하나의 돌파라고 이야기할 수 있을까요.

내가 이혼을 했다고 해서 공공재가 된 것은 아니다. 내가 이혼한 것은 내가 되기 위해서이다. 언제나 사랑에 빠질 준비가 된 여성 1로 나를 보지 말아줬으면 좋겠다. 이혼녀의 의미가 니가 나한테 마음을 품어도 된다는, 혹은 니가 마음을 주면 내가 보답할 거라는 뜻은 아니다. 정신 차려라. 너를 안 만난다고 해서 다른 남자가 있다는 뜻도 아니다.

오늘 온라인 수업을 했고 에너지가 두 배로 들었고 학교에서 집으로 오는 길 차 안에서 공황이 왔다. 예전엔 공황이 뭔지 몰랐는데 이혼과 함께 찾아온 병증 중 하나다. 복합적 원인이 있겠지만, 나는 그럴 때 땀을 흘리고 감각이 둔해지고 모든 것과 멀어지고 심장이 방망이질치며 숨을 쉬는 데 어려움을 느낀다. 덫에 걸린 기분

같은 것일까? 아이들은 수업에 잘 따라주었고 합평을 하는 것은
걱정했던 것보다 즐거웠어. 나는 이 년째 같은 반 아이들을 맡았고
그만큼 아이들에게 깊은 애정을 갖고 있다. 무엇이 될까, 너희들은
커서. 너무나 예쁘고 밝다. 그런 너희의 곁에 내가 있어도 된다니
그게 고맙고 미안해. 이제 고3이 된 아이들이 코로나19 때문에 집
에서 입시에 대한 불안 속에 있다는 생각을 하니 걱정이 많다. 아
이들에게는 지금 그것만 보이니까. 그렇지만 나는 가끔 너희에게
서 무한을 보고는 해.

작년에 이제 나를 더 잘 보살펴야 한다는 생각으로 건강검진을
받았다. 태어나서 종합적인 검진을 받은 건 처음이었는데 나는 의
외로 의료 소견상 건강했고 운동을 하라는 권고 정도만 받았지만
그렇게 하진 않았다. 운동을 해야 되는데 왜 하고 싶지 않을까. 너
무나 피로하기 때문이다. 제 간하고 폐 좀 잘 봐주세요, 하고 말했
던 게 생각난다. 검진만 전문으로 하는 강남의 유명한 병원이었고
모든 직원과 의사와 간호사가 여성이었고(내시경사 한 명만 빼고)
공장처럼 환자가 돌아가는 시스템이었다. 젊은 중국 여성들을 잔뜩
데리고 온 한국 남자가 있었고 나는 결혼 브로커 같은 걸 생각했고
기분이 몹시 우울해졌던 게 떠오른다. 그래, 요즘 국제결혼으로 신
부를 사는 남자들은 그 여자를 사전에 검사하겠지. 마치 품질보증
서 같은 결과지와 함께 신부가 신랑에게 배달되겠지, 그런 예감이

들어 또 인류애가 소멸하는 기분이 들었다. 어째서 대부분의 일은 돈으로 해결할 수 있는가? 너무나 부조리하다. 사람을 돈 주고 사는 것을 아무렇지 않게 여기는 인간은 세상에서 사라졌으면 좋겠다.

너 그거 알아? 하루에 검은 새를 세 번 보면 불행이 찾아온다는 말. 그런 말을 믿었어?

오늘은 일찍 일어났고 물티슈로 바닥을 세 번 닦고 빨래를 돌리고 빨래를 돌리고 또 빨래를 돌렸고(이불을 전부 빨았다) 야채를 볶아 비빔밥을 해 먹었다. 나는 야채를 써는 게 좋다. 썰면서 수북해지는 것들을 보는 게 좋다. 칼질을 하는 순간에는 아무 생각도 들지 않는다. 뜨개질을 하는 것처럼, 악기 연주에 몰두한 것처럼. 그렇게 무상의 시간 속으로 들어가는 것이 좋다. 쓰는 것과는 다른 정신의 근육을 사용하는 것 같아서. 따로 나물을 무치지 않고 호박, 양파, 버섯, 당근, 가지를 썰어 아보카도유로 볶아 밥에 얹어 비벼먹는다. 그러면 건강을 챙긴 기분이 들고 그래서 조금은 몸에 나쁜 짓을 더 해도 될 것 같은 기분이 든다. 애써 닦고 돌아서도 집은 반나절 만에 엉망이 되고 빨래통은 비어 있던 적이 없다. 매일매일 끼니를 챙기고 집안일을 해야만 삶이 굴러간다는 것이 낙담스럽다. 대학 친구인 송지현 소설가는 집안일을 시시포스의 노동이라고 자주 한탄하곤 했는데, 집안일은 시시포스의 노동이며 글쓰기는 프로메테우스의 고통이라는 생각이 들었다.

　오늘은 사전 투표를 하러 다녀왔고 노브랜드에 가서 팩 와인을 샀다. 벽에 차를 들이받았고 엄마에게 혼이 났다. 엄마에게 혼나는 나를 아이가 신기하게 보며 "왜 목소리가 바뀌었어?" 물었다. "엄마도 잘못하면 엄마한테 혼나. 마음이 속상해서 그래." 차를 들이받은 건 양보를 하려다가 그런 것이고 나는 운전중에 주로 그런 실수를 저지르곤 하는데, 혼을 내고 몇 시간 뒤 엄마는 사실 그게 자기를 보는 거 같아서 더 속상하고 화가 난다고 했다. 그렇다, 부모란 자식에게서 자신의 단점을 발견할 때 더 화를 내곤 하나보다. 예전엔 유전이라는 것을 믿지 않았는데 엄마가 되고 나니 실로 유전자란 무서운 것이라고 생각하게 되었다. 아이는 내가 가르친 적도 없는 놀이를 만들어서 하고는 하는데 그게 대부분은 내가 어렸을 때 혼자 하던 놀이일 때가 많다. 잘못을 숨기려고 뻔히 보이는 거짓말을 하는 것도 똑같고, 보란듯이 일부러 더 크게 우는 것도 그렇다.

　어렸을 때 『죄와 벌』을 읽으며 라스콜니코프가 살인을 자백하고 회개하며 땅에 입을 맞추는 것을 보고 의아했던 기억이 난다. 자신의 살인이 죄라는 걸 깨닫고 회개하는 것이 이해되지 않았다. 나는 누군가를 해하고도 마음 편히 살 수 있을 것 같았다. 내가 감정 없는 소시오패스라고 오래 믿었기 때문이다. 나는 학생 시절에 말이 없고 말이 없고 아주 말이 없는 아이였다. 지금의 모습을 아는 지인들은 그 말을 믿지 않을 것이다. 유년 시절 말이 없는 유형 중 다수는 말을 해도 아무 소용 없다는 것을 알게 되어서라고 생각한다. 나는 말을 의도적으로 멈추었고 때로는 실어증에 걸리게 해달라고 혹은 기억상실증에 걸리게 해달라고 기도하곤 했다. 말을 지우면 표정도 지워지고 감정 표현도 억제하게 된다. 말과 표정과 감정은 연동되는 것이기 때문이다. 누군가가 나를 들여다보려고 하는 것을 경멸했으며 대부분의 인간을 혐오했다. 나는 유능한 킬러가 되는 상상을 자주 해보았고 상대를 어떻게 천천히 고통으로 몰아 죽음에 다다르게 할 것인지를 노트에 상세히 적어보곤 했다. 범죄 도구는 다양했다. 손톱깎이, 가위, 바늘, 연필, 드라이버 등. 나는 유독 계단에서 시작하는 것을 선호했는데 체구가 작은 여성이 우위를 점할 수 있는 장소라고 생각했기 때문이다. 먼저 계단을 내려가는 사람을 발로 차 굴러떨어뜨려 기절시킨 다음 일에 착수한다. 상대는 주로 아버지나 나를 배신했던 친구거나 고3 담임이었다. 노트의 페이지가 많아질수록 나는 점점 자신감에 도취되었던 것 같다. 언젠가 복수의 순간이 오면 나는 그것을 잘해낼 수 있을 거라고.

그 생각이 바뀌게 된 것은 대학생 때 꿈을 꾸고 난 뒤였다. 꿈은 이러하였는데, 나는 누군가를 아주 잔인한 방식으로 살인했다. 그리고 울면서 잠에서 깨었고 며칠 동안 잔상에 시달렸다. 한동안은 밥을 먹을 수도 다른 일에 집중할 수도 없었다. 그때 나는 나에 대한 진실을 발견하게 된 것 같다. 살인을 저지르고는 절대 편한 마음으로 잠들 수도 먹을 수도 살아갈 수도 없는 인간이 바로 나라는 것을. 그후로는 누군가를 죽일 생각을 하지 않게 되었으며 모의 살인을 연습하는 글쓰기도 함께 멈추었다.

너 그거 알아? 하루에 검은 새를 세 번 보면 불행이 찾아온다는 말. 그런 말을 믿었어?

나는 복합적인 삶을 여러 각도로 들여다보며 세상에 확신할 수 있는 일은 아무것도 없다는 것을 경험적으로 깨달았다. 확신에 가득찬 사람이 싫다. 그게 무엇에 관한 확신이건 간에 싫다. 그런 사람들은 대개 곁에 있는 사람들에게 가스라이팅을 한다. 그게 가스라이팅인 줄도 모른다. 스스로를 절대적으로 믿기 때문이다. 나는 관계 맺기에 너무나 서툴렀고 가스라이팅을 하는 상대방과 쉽게 사랑에 빠지곤 했다. 쉽게 마음을 열지 않는 만큼 마음을 한번 열면 버림받는 게 두려워서 관계에 끌려다니곤 했다. '모든 게 다 나 때문이다. 내 잘못이다.' 그런 생각을 끝없이 하면서 더 잘하려고 애쓰면 애쓸수록 관계는 점점 이상해지고 나는 눈치를 보고 불행해진다. 그런 일을 반복하게 되면 불신만 쌓이고 더 마음을 열기가 어려워지고 더 어렵게 어렵게 연 마음을 닫기가 어려워서 더 끌려다니고 그러면 또 모든 걸 망치게 되고 반복적 악순환의 고리가 만들어지는 것이다.

나는 참으로 무지한 인간이다.

너 그거 알아? 하루에 검은 새를 세 번 보면 불행이 찾아온다는 말. 그런 말을 믿었어?
너 그거 알아? 하루에 검은 새를 세 번 보면 불행이 찾아온다는 말. 그런 말을 믿었어?
너 그거 알아? 하루에 검은 새를 세 번 보면 불행이 찾아온다는 말. 그런 말을 믿었어?

누군가가 나에게 잘해주면 너무 좋다. 다정함은 마약 같다. 그 다정을 잃으면 어떻게 살 수 있을지 모르겠다. 그래서 점점 상대에 나를 맞추게 된다. 그러다보면 나를 잃어버리게 되는 순간이 찾아온다.

내 꿈은 사랑받는 것이었다.

나는 사랑받기에 충분한 사람이다. 그런데 나를 사랑해주는 제대로 된 사람이 없었다. 왜 그럴까? 내가 이미 너무 많이 망가져버렸나. 나는 생각한다. 내가 엉망진창이 되어도 누군가가 나를 사랑해주면 좋겠다고.

오랫동안 섭식장애를 앓았다. 스물한 살부터 스물여덟 살 때까지다. 매일 700칼로리를 계산해서 먹었고 그 이상은 먹지 않았다. 내가 날씬하고 말라야만 사랑받을 수 있다고 생각했다. 시보다 먼저 식단 일기를 썼고 먹은 것들의 칼로리를 찾는 데 도가 터 나중에는 거의 걸어다니는 칼로리 사전이 되다시피 했다. 그 시절 나는 파리바게뜨의 모카크림빵을 좋아했고 KFC의 징거버거를 좋아했지만 그 음식들은 금지된 것들 중 하나일 뿐이었다. 그것들을 사와서 보다가 버린 적도 많다. 그러다 충동을 이기지 못하고 한 입만, 하고 베어물면 꼭 끝을 볼 때까지 먹어야만 직성이 풀렸다. 그러고 나면 당장 위를 뒤집어서 음식물을 꺼내고 싶다고 생각했다. 몇 시간이고 공원을 돌고 와서 잠을 자지 않고 버텼다. 규칙 1. 700칼로리 이상 섭취하지 말 것. 규칙 2. 마지막으로 무언가를 먹은 후에는 일곱 시간 후에 누울 것. 이것이 내 규칙이었기 때문이다. 나의 핸드폰 사진첩엔 김민희, 제마 워드, 릴리 콜, 케이트 모스 등의 사진이 가득했다. 너무너무 배가 고플 때는 주로 혐오스러운 사진들을 많이 찾아봤다. 벌레 사진이나 여드름 짜는 영상 같은 것들을 보면 식욕이 사라졌기 때문이다.

결국 38킬로그램에 이르러 거식증 치료를 받았다. 당시에 충격적인 일을 많이 겪었지만 나 스스로 너무나 자존감이 없다고 느꼈던 일이 있다. 병원에서 치료를 기다리며 대기실에 앉아 있었고 계절은 여름, 폭염으로 아스팔트에서 아지랑이가 피어오르던 때다. 대기실로 한 여자가 들어와 앉았다. 그렇게 더운 날이었음에도 여자는 긴소매 터틀넥에 긴바지를 입고 있었는데 한눈에도 30킬로그램이 될까? 싶을 정도로 마른 사람이었다. 다들 그를 본다면 측은해하고 걱정을 하겠지만 나는 그 몸을 본 순간 미칠 듯한 질투에 휩싸였다. 나보다 마른 사람이 있다니. 이럴 수는 없어. 내가 얼마나 노력했는데. 저 여자만큼 마르려면 얼마나 더 빼야 하지? 반사적으로 머릿속에 저절로 그런 생각이 들었다. 지금도 믿기지 않는다. 내가 눈앞이 새카매질 정도의 질투로 더 말라야만 한다는 생각에 사로잡혔다는 사실이.

처음부터 내게 거식증이 있었던 것은 아니다. 처음부터 감량을 위해 굶은 것도 아니다. 처음에는 우울증이 너무 심해 음식을 거부하기 시작했다. 뭔가를 먹을 자격도 없는 인간이라는, 나는 쓰레기이고 지구에 해만 끼친다는 생각에 울며 누워지냈다. 그렇게 시간이 조금 흐르고 난 다음 세 가지 사실을 깨달았다. 1. 돈이 절약된다(당시 나는 자취를 하고 있었는데 아무런 원조도 받지 못했다. 과외를 하고 주말에는 편의점에서 일하며 생활비를 벌어 학교에 다녔기에 늘 돈에 쪼들리는 상태였다). 2. 사람들이 예뻐졌다고 말하며 잘해준다. 특히 남자들이. 나는 관심이 고파서 사람들이 내게 관심을 보이는 게 좋았다. 예쁜 옷들도 사이즈 걱정 없이 소화할 수 있었다. 사람들에게 예쁘다 예쁘다 소리를 들으니 점점 더 예뻐져야만 할 것 같은, 그러지 않으면 이 관심도 애정도 모두 사라질 거라는 공포감이 엄습했다. 결국 우울증으로 시작된 섭식장애는 나에게 사랑을 가져다주었고 나는 그게 가짜라는 걸 알면서도 쉽게 현혹되었다. 내가 지금처럼 날씬하지 않다면 사람들이 나를 더이상 좋아해주지 않을 거라고. 3. 더 예민해진다. 예민해지는 건 나쁜 면도 많았지만 좋은 면도 많았다. 먹지 않아 날이 설수록 감각의 촉이 잘 벼린 칼처럼 솟는다는 생각. 더 좋은 글을 쓸 수 있다는 생각에 나는 빠져들었다. 이성적으로 생각해도 먹지 않는 것은 절대 밑지는 장사가 아닌 것 같았다. 돈도 아끼고 사랑도 받고 시도 쓰게 해주니까.

혹시나 이걸 읽고 나도 한번 해볼까? 하고 생각하는 사람이 있을까봐 섭식장애를 통과하며 겪은 나의 이야기를 적는다.

어느 날 갑자기 생리가 끊겼다. 처음엔 생리를 하지 않으니 좋다고 생각했다. 그런데 결국 다낭성증후군에 걸려 산부인과 치료를 받게 되었다. 앞으로 임신이 힘들 거라는 얘기를 들었을 때는 출산에 대해 생각해본 적도 없었지만 뭔가 나의 가능성 하나를 빼앗긴 것 같은 기분이 들었다. 출산을 하지 않기로 결정하는 것은 내 몫이라고 생각했는데, 할 수 없다는 통보를 받으니 속이 상했다. 왜 내 선택권을 빼앗겨야 하지? 의문이 들었다.

몸의 곳곳에 언제 생겼는지 알 수 없는 멍들이 잔뜩 늘었고 온몸의 털이 길어졌다. 지방이 없으니 쿠션 역할을 해줄 것이 없어 스치기만 해도 멍이 드는 지경에 이르렀고, 체온을 유지시켜줄 것이 없어 털이 길어진 것이다. 당시에 나는 겨울이면 바지를 세 개씩 겹쳐 입고 다녔고 자주 감기와 장염에 걸렸다. 가장 큰 손해는 이가 엄청 많이 상했다는 것이다. 칼슘이 빠져나가니 뼈가 약해지고 이도 약해진다. 음식을 거의 먹지 않으면 이를 잘 닦아도 이에 쉽게 금이 가거나 상해버리고 말아서 치과 치료에 많은 돈을 날렸다.

사회생활에 어려움을 겪었다. 사람들은 만나고 친해지기 위해 무언가를 함께 먹으려고 한다. 그런데 나는 먹을 수 없다. 약속을 피할 수도 없고 먹을 수도 없어 우물쭈물하게 된다. 무엇을 먹을 수 있을까 고민하다보면 카페에서 만나 아메리카노를 마시는 수밖에 없고, 먹기 싫다, 속이 안 좋다 등의 변명 같은 거짓말을 자꾸 하게 된다. 결국 진짜 깊은 관계를 맺는 데에 어려움이 생긴다.

몸이 자주 아프고 컨디션이 늘 좋지 않다. 이건 지금도 그렇기는 하지만. 그래도 좀더 활력 있게 보내야 했을 이십대 시절이 많이 위축된 것 같아 안타깝다. 나는 한편으론 나의 병약함을 사랑했지만 그것이 내게 되돌려준 것은 없다.

결국 글을 쓰지 못하게 되었다. 거식증은 먹는 것에 무관심해지는 일이 결코 아니다. 나는 그때만큼 음식에 관심이 많았던 적이 없는 것 같다. 갈망과 결핍을 해소할 수 없으니 계속 정신이 그쪽으로 쏠리는 것이다. 요리 프로그램, 요리 블로그, 맛집 블로그 등을 찾아보는 데 하루에 몇 시간씩 시간을 허비하게 되고, 예민함은 오래가지 않았다. 영양분이 있어야 뇌도 돌아가고 깊은 사고를 할 수 있는데 집중력이 현저히 낮아지곤 했다. 이것이 다시 회복해야겠다는 다짐을 하게 한 가장 큰 이유였다. 나는 시를 못 쓰는 마른 나보다는 시를 잘 쓰고 통통한 내가 더 좋기 때문이다. 거식증에 오래 노출된 사람은 장기가 굳어 딱딱해질 뿐만 아니라 뇌가 쪼그라든다고 한다.

패션모델들은 비행중 심장마비로 사망하기도 한다. 굶는 일은 정신뿐 아니라 육체의 엔진이나 다름없는 심장마저 약하게 만들기 때문이다.

나는 지금 60킬로그램이다. 우리 엄마는 나보고 맨날 살 빼라고 성화다. 옛날엔 예뻤는데 그게 뭐냐고. 그런 말들이 나를 흔들 때도 있다. 나는 지금도 내 몸을 긍정하는 일에 자주 실패한다. 아이를 임신했을 때 51킬로그램이었는데, 어쩌다가 이렇게 되었지? 출산하러 갈 때 몸무게가 60킬로그램이었는데 왜 아직도 60킬로그램이지? 그런 생각이 들어서 우울해질 때도 많다. 그래도 많이 달라진 건 예전에 좋아했던 모델들의 몸보다 건강한 여성의 몸을 더 좋아하게 되었다는 것. 언젠가 복근을 키우고 싶다. 앞뒤가 안 맞는 말이지만, 언젠가 내가 더 우람하게 되어도 누군가가 나를 사랑해주면 좋겠다. 나의 모순이여.

그렇지만 내 꿈은 이제는 사랑받는 것이 아니다.

아이가 내게 사랑을 준다. 그 사랑에 보답할 수 있는 체력과 체력에서 나오는 다정함을 갖고 싶다.

누군가가 내게 아이를 가질지 말지를 상의한다면 아마도 나는 갖지 말라고 할 것 같다. 아이를 키우는 게, 평생 한 사람을 책임져야 한다는 중압감이 너무 무겁기 때문이다. 특히 여성에게. 나는 아이를 낳기 전에는 매일 '아, 내일 자살해야지' 그런 생각을 하곤 했다. 어떤 일을 시작할 때도 '괜찮아. 잘못되면 자살하면 되니까' 하고 말했다. 자살은 늘 내가 마지막에 낼 수 있게 예비된 카드이자 보험이었다. 그런데 아이를 낳고 난 후에 더이상 그런 생각으로조차 위안삼을 수 없다는 게 서럽고 슬퍼서 감당할 수 없이 마음이 아팠다. 삶에서 단 한 가지 내 마음대로 할 수 있는 게 내 목숨이라고 생각했는데 이젠 그런 생각마저도 죄가 된다는 거. 그게 견딜 수 없이 슬펐다.

모유 수유를 십삼 개월간 했는데 그동안은 오래 받은 우울증 치료도 중단했다. 나는 매일 혼자 집에서 아이만 쳐다보며, 젖 기계가 된 나를 보며, 치받는 마음을 억눌러야만 했다. 얘는 내가 전부니까. 내가 사랑해줘야 하니까. 그 절대적인 사랑과 헌신이 나를 갉아먹으면서도 나를 살렸다. 농담처럼 말하곤 했다. 아이는 '나를 망치러 온 나의 구원자'라고.

사랑에 대한 갈망을 채워준 건 아이다. 절대로 나를 떠나지 않을 마지막 한 사람이 되어준 것으로. 매일 내게 선물을 준다며 작은 종이 쪼가리나 낙엽, 색칠한 그림을 들고 내게 와주는 천방지축 천사. 심지어는 엄마 엄마 너무 예뻐, 하고 매일 말해주고 뽀뽀해주고 세상에서 가장 큰 하트를 쏘아주는 나의 아이. 아이가 없었다면 더 자유롭게 살았을 텐데, 아이가 없었다면 이렇게 돈 벌려고 아등바등 살지 않아도 되었을 텐데, 아이가 없었다면 가고 싶을 때 가고 오고 싶을 때 올 수 있었을 텐데, 아이가 없었다면…… 나는 지금도 그런 생각 자주 해. 그래도 아이 덕분에 나는 좀더 나은 사람이 될 수 있었다. 그렇지만 가끔 그립지. 혼자 여행 다니던 때가. 그땐 가고 싶으면 그냥 다음주에 이집트 가고 그런 식으로 살았는데. 빨리 커서 같이 여행 다니자. 언젠가는 여행 이야기도 써봐야겠다.

인간이 숭고해지는 때는 언제일까? 그런 것이 가능하기는 할까?

나는 형이상학에 대해 생각한다. 채워진 결핍은 더이상 갈망의 대상이 되지 않듯. 인간이 끊임없이 숭고에 대해 이야기하는 것은 도달할 수 없는 것에 대한 욕망이 아닐까. 나는 인간에 대한 희망의 끈을 쥐었다 놓았다 다시 쥔다. 나 자신에 대한 끈도 함께.

지금은 밤이 깊었고 나는 먹고 싶다. 먹고 싶다는 몸의 소리를 듣는다. 나의 이상 식욕은 아직 내게 끝나지 않은 숙제이다. 언제까지나 그럴 것을 알고 그것을 평생 조절하며 살아야 한다.

한번은 섭식장애에 관한 다큐멘터리를 본 일이 있다. 먹는 것을 오래 거부하다 입원해 코에 줄을 끼고 영양을 공급받는 사람의 이야기가 나온다. 그녀는 섭식장애에 시달렸고 먹은 것을 게워내려고 아이를 욕조에 남겨둔 채 구토를 했다. 그리고 아이는 물속에서 질식해 죽는다. 단지 한끼 식사를 토하는 동안 하나의 생명이 꺼진 것이다. 그 일이 있은 후에도 여자는 거식증을 고치지 못해 결국 입원하게 되었다.

다 먹고살려고 하는 일이라고 어른들은 종종 말하는데, 먹는 일이 왜 이렇게 어려운가. 잘 먹고 잘사는 일이 왜 사람을 이렇게 망쳐놓는 것일까. 무엇 때문에 아무리 말라도 만족할 수 없어서 더 말라야 해, 더, 하고 생각하게 되는 걸까.

섭식장애는 유년 시절 모성애의 부재를 원인으로 한다고 알려져 있다. 그러나 정말 그러한가. 그렇다면 왜 대부분의 섭식장애를 앓는 사람들은 여성인가. 여성만이 유독 모성애의 부재를 심하게 겪는가. 아무리 남아선호사상이 있다고 해도 통계상으로 여성의 섭식장애율이 현저히 높은 것을 어떻게 설명할 수 있는가. 왜 이 질병에 엄마란 존재가 원인으로 제시되는가.

수많은 질문과 수많은 대답이 입속을 맴돈다.

한 가지 내가 경험적으로 깨달은 것은 섭식장애를 겪은 여성이건 그러지 않은 여성이건 여성은 남성과는 다른 방식으로 몸을 사유한다는 것이다. 왜 내 주변에 베지테리언은 여성뿐인가? 그런 의문이 종종 든다.

매달 겪는 생리와 출산 경험, 수유 경험, 사회적 여성성 수행으로부터 시작된 고민은 자신의 몸에만 국한되지 않고 모든 종에 대한 육신을 포괄할 정도로 깊은 사유로 나아간다.

이제 내 꿈은 내가 나를 온전히 받아들이는 것이다.

2부

시

사건에 관하여

잘 모르겠습니다. 미안해요. 눈이 내려서 기분이 좋았습니다. 오르막길에서는 도무지 방향을 틀 수가 없더군요. 죄송합니다. 눈이 빛나서 아무것도 보지 못했습니다. 잠시 한눈을 판 것도 사실입니다. 나무에 눈이 쌓여 가지가 부러지고 눈이 떨어지며 퍽 소리가 났거든요. 그때 얼굴이 떠올랐고 얼굴이 가진 이름은 도무지 생각나지 않는데 그게 이상하고 슬퍼서 역광 속으로 가라앉고 있는 이름을 꺼내고 싶었습니다. 자세히 본 것은 아닙니다. 검은 것이 휙, 하고 지나간 것만 보았습니다. 아니, 보았다고 믿고 있습니다. 미안합니다. 이름은, 이름은. 아직도 맴돌기만 할 뿐 정확하게 발음할 수 없습니다. 거짓은 없습니다. 모호함으로 가득한 정확함만이 제가 가질 수 있는 태도입니다. 눈 때문입니다. 죄송합니다. 네, 네, 그렇지요. 처음부터 그런 날씨에 차를 가지고 나가지 말았어야

합니다. 아주 집밖에 나가지 말았어야 합니다. 어디라니…… 중요한 일이 있었습니다. 구체적인 내용 말씀입니까. 그런 것도 제 의무라고 생각하지는 않습니다만, K와 마지막으로 만났던 곳에 다시 가보고 싶었습니다. 눈 오는 날에요. 그곳은 대중교통으로 갈 수 있는 곳이 아닙니다. K요? 그런 것까지 물으실 줄은 몰랐습니다. 네. 대학 시절 도서관에서 함께 근로장학생으로 일했던 친구입니다. 아니요. 그런 사이는 아니었고요. 단지 가끔 책을 바꿔 보는 사이였습니다. 네. 미안해요. 그게 답니다. 이유라니, 저는 그 순간 제가 본 것과 느낀 것을 전부 말씀드렸습니다. 이유가 필요합니까. 납득이라뇨. 제가 제 차를 몰고 제가 가고 싶은 곳에 가는 것을 왜 납득시켜드려야 하는지 도무지 모르겠습니다. 아니요. 그런 사이가 아니라고 말씀드렸습니다. 잠시 나갔다 오겠습니다.

다시 처음부터요? 네, 네. 알겠습니다. 눈이 내렸습니다. 눈이 많이 내렸고요. 오르막길을 올라가고 있었습니다. 네. 바퀴가 헛돌았습니다. 네. 액셀을 밟았습니다. 네. 방향을 틀려고 했는데 듣지를 않았습니다. 아까도 말씀드렸습니다만. 네. 얼굴이요? 얼굴이라. 네, 무언가 표정 같은 것이었다고 하는 편이 더 정확할 것 같습니다. 무슨 표정이냐니요. 아닙니다. 그렇게 단순한 것은 아닙니다. 오래 잊고 있던 중요한 무언가가 떠올랐다고 하는 게 더 옳은 표현일 것 같습니다. 중요한 것이라. 중요하다고 생각했습니다. 왜 그런지는 잘 모르겠습니다. 네. 모르겠습니다. 빛이 쏟아졌습니다. 아니 솟아올랐습니다. 다발로 된 빛이 솟아오르면서 울컥거리며 시야를 흔들었습니다. 검은 것이요. 네. 검은 것이요. 그 이상은 저도 잘 모르겠습니다. 죄송합니다. 정확한 것이 있는지 물으셨습니까. 정확한 것이 무엇이지요. 무엇이 정확합니까. 정확함이라는 게 가능한지 일단 그것부터 짚고 넘어가고 싶습니다. 그런 말씀이 아니시라고요. 네. 알겠습니다. 죄송합니다. 아까도 말씀드렸습니다. 네. 목적지요. 목적지는 성당입니다. 아니, 수녀원입니다. 네. K는 사제 서품을 받았습니다. 저도 모릅니다. 그런 꿈이 있었는지 어떤지는 저도 모릅니다. 잘 모르겠습니다. 미안합니다. 그런 것은 아닙니다. 네. 아닙니다. 눈이 많이 내려서 보지 못했습니다. 아시다시피 워낙 눈이, 네, 눈이 많이 내렸고, 네. 네. 알겠습니다. 제 기억에 대한 신뢰라고 하셨습니까. 제 기억이요. 기억이란 것은 굴절되는 속성이 있지요. 압니다. 네. 이미 블랙박스를 가져가신 것으로 알고 있습니다만. 노래. 네. 노래를 들었습니다. 운전중에 노래를 듣는 것을 좋아합니다. 주행중 노래를 듣는 것이 불법은 아닌 것으로 알고 있습니다. 쟁점이라고요. 네. 네. 미안합니다. 지나치게 산만한 습관이라고 하셨지요. 그날의 기록뿐 아니라 저장된 이전의 모든 영상을 살펴보셨다고요. 네. 보셨으면 아시겠지만 직장과 집을 오가는 것 외에 특별한 것은 없을 텐데요. 매일 같은 길을 오가다보면 익숙함 때문에 산만해질 수 있다고 생각합니다. 전날

통화 기록이요? 아니요. 굳이 그럴 필요가 있을까 의문이 듭니다. 네. 죄송합니다.

　네. 혼자 아이를 키우고 있습니다. 네. 네. 아니요. 지금 그 얘기를 왜 하시는지 제가 잘 이해를 못하겠습니다. 네. 맞습니다. 상담을 오래 받았습니다. 그게 이 일과 무슨 관계가 있습니까. 네. 미안해요. 네. 아무 해도 끼치지 않았다는 확신이요? 네. 확신은 없습니다. 증거 우선의 법칙과 증거 없는 자백은 유효하지 않다고는 알고 있습니다. 네? 네. 수사 드라마를 좋아합니다. 네. 눈이 내렸다고 말씀드렸습니다. 네. 아닙니다. 네. 불이익이라뇨. 도주의 가능성이 있는 경우에 한하는 것 아닙니까. 네. 네, 드라마에서 봤습니다. 혼자 아이를 키우면서 그렇게 드라마를 많이 볼 수 있느냐고요. 그건 사생활 침해 아닙니까. 이게 그날 일과 관계합니까. 네. 죄송합니다. 네. 제 입장에 대한 이해라니. 참고인 아닌가요. 네. K요? 네. 네. 그냥 한 번쯤 다시 보고 싶었습니다. 네. 장소를요. 아닙니다. 네. 결혼한 적은 없습니다. 직장생활이요? 일 년 남짓 되었습니다. 네. 아이를 키워야 하니까요. 죄송합니다. 잘 기억나지 않습니다. 빛들이 술렁이고 눈이 내렸습니다. 기록적인 폭설이라고 하더군요. 생각이라니, 생각은 나지 않습니다. 미안합니다. 왜 보고 싶었는지가 중요한가요. 왜라니, 왜라니요. 그냥 제 마음입니다. 제 마음이 그렇습니다. 마음까지 허락을 받아야 하는 건 아니지 않습니까. 네. 눈이 내렸지요. 엄청나게 많은 눈이었지요. 그런 눈은 처음 봤습니다. 눈이 많이 내렸다고요. 네. 눈이요. 아이요? 아이는 어린이집에 보냈습니다. 네. 혼자 살지 않습니다. 아이와 함께 살고 아이도 세대 구성원입니다. 네. 남자요? 남자라니. 없습니다. 네.

사건의 결말이요? 사건이라고 부를 만한 것이 있었는지 저는 모릅니다. 아무것도 말씀해주시지 않으니 제가 뭘 알 수가 있습니까. 네. 검은 것이 휙, 검은 것이, 그냥 그것밖에는 모릅니다. 마지막 목격자라고요. 네. 제가 어떻게 알겠습니까. 그냥 저는 운전중이었고, 눈이 내렸고, 시야가 빛으로 가득해서, 네. 잘 보이지 않았고. 네. 바퀴가 헛돌아서 방향을 틀 수가 없었습니다. 네. 처음에 말씀드린 것과 같이 그게 전부입니다. 그 외에 제가 더 알아야만 하는 것이 있습니까. 있다면 말씀해주시기를 부탁드립니다. 네. 아닙니다. 그래도 이유는 알아야 할 것 아닙니까. 알지도 못하는 것을 어떻게 이야기합니까. 네. 단지 수녀원에 가려고 했다고요. 네. 이름 말입니까. 이름이요. 제가 그런 이야기를 했던가요. 네. 뭔가 생각날 것 같다는 기분이 들었습니다. 그 기분을 제가 어떻게 다 말로 설명합니까. 네. 나뭇가지가 부러졌다고요. 네. 알겠습니다. 죄송합니다. 네. 죄송합니다. 뭘 원하시는지 정확히 모르겠습니다. 네. 육하원칙에 따른 상황 설명이요. 네. 육하원칙이요. 누가 어디서 언제 무엇을 어떻게 왜, 라고요. 네. 제가 오르막길에서 오전 열한시에 차를 몰고 수녀원으로 가고 있었다고요. 어떻게라니요. 네. 차로요. 왜라니 왜, 거기에 다시 가보고 싶었습니다. 한 번쯤은 눈 오는 날 그 장소를 다시 목도하고 싶었습니다. 왜냐니요. 그냥 제 마음이 그렇다고 말씀드렸을 텐데요. 네. 맞습니다. 네. K는 죽었습니다. 아니요. 저도 정확한 사인은 모릅니다. 네. 네. 고인의 명예에 대해서는 생각해보신 적이 없습니까. 아닙니다. 미안합니다. 아니라고 말씀드렸을 텐데요. 네.

네. 미안합니다. 그런 사이가 아니었습니다. 네. 단지 책을 서로 빌려주던 사이가 맞습니다. 네. 그렇게 생각하시죠, 그럼. 아니라고 말씀드렸을 텐데요. 그럼 제가 묻겠습니다. 그것이 이 사건의 쟁점인가요. 말씀하신 쟁점과는 전혀 관계가 없는 것으로 사료됩니다만 제가 왜 이런 이야기까지 해야 합니까. 네. 그는 사제 서품을 받았습니다. 네. 죽은 사람을 제가 어떤 방식으로 기억하는지는 제 마음입니다. K는 아닙니다. 아니라고 말씀드렸습니다. 눈이 왔다고요. 빌어먹을 눈이 잔뜩 쏟아져서 아무것도 볼 수도 없었고 제가 신경쓸 일조차 아니라고요. 네. 미안합니다. 네. 원래 이런 겁니까. 이런 식으로 참고인 조사를 하나요. 더이상 들쑤시면 저도 가만있지 않겠습니다. 아니. 제가 뭘 해서 그런 게 아니고 지금 자꾸 저를 몰고 가시니까, 제가 그럼 하루종일 여기 붙들려서 한 애

기 또 하고 또 하고 이 와중에 진정할 사람이 누가 있겠습니까. 네. 네. 그렇게 하시죠. 해보시죠. 네.

*

이런 것을 썼다. 이런 것을 왜 썼지? 산문 쓰려고 앉아서 며칠 동안 이런 것을 썼다. 왜 그랬을까. 왜 그랬는지 또 며칠 동안 생각해보았다. 제일 먼저 생각난 건 내가 처음 받아본 경찰 조사이다. 나는 스무 살 때 처음 경찰 조사를 받아보았는데, 언니와 함께 호프집에 갔고 우리는 모둠 꼬치와 생맥주를 시켰고 기분이 좋았다. 자매끼리 한 오랜만의 밤 외출이었고 같이 맥주 한잔하는 동네의 산책길이 기뻤고 왁자지껄한 금요일 밤의 분위기에 취했다. 우리가 기다리던 안주가 막 나왔을 때 뒤쪽 테이블에서 시끄러운 소리가 났다. 어떤 남자가 여자 알바생에게 술을 한 잔 따라보라고 강요했고 알바생은 거절했고 남자는 여자의 가슴을 움켜쥐었다. 여자가 소리를 지르고 항의를 하자 남자는 들고 있던 소주병을 테이블에 내려쳤고 깨진 병을 휘두르며 난동을 피웠다. 그리고 곧 경찰이 왔다. 우리는 단 한 개의 꼬치도 먹지 못하고 얼어붙어 그 장면을 보고 있었다. 여자는 큰 소리로 말했다. 목격자가 되어주실 분 없나요. 호프집은 너무 조용해졌고 아무도 일어서지 않았다. 그때 내가 일어섰다. 그렇게 나와 언니는 여자와 남자 일행과 함께 경찰서에 연행되었다.

경찰서에서 마주한 상황은 내가 생각했던 것과 너무나 달랐다. 여자는 울고 남자는 큰소리를 치고 벌컥 화를 내며 경찰서 안을 우왕좌왕 오갔다. 제일 충격적인 것은 나와 언니 그리고 여자를 마치 죄인처럼 취급하는 경관들. 남자는 담배를 피우러 허락 없이 안팎을 오갔으나 나는 화장실에 갈 때도 허락을 받고 가야 했다. 이건 너무 이상하다. 뭔가 잘못됐다. 심지어 경찰들은 그 남자에게 커피도 타주었다. 우리에게는 물 한 잔 따라주지 않았다. 한 말을 또 하고 또 하고 진술서를 손수 작성해야 했고 언제 집에 갈 수 있느냐고 물어도 대답해주지 않았다. 우리는 내가 앞에 쓴 것과 유사한 방식으로 밤새 시달렸다. 집에 가도 된다는 얘기를 듣고 경찰서를 나오니 밖이 환했다. 아침 여덟시였다.

그렇게 밤새도록 취조를 받은 것이다. 성추행 목격자로.

언니는 내게 말했다. 다시는 이런 일에 관여하지 말라고. 나도 그렇게 생각했다. 다시는 뭘 봐도 모르는 척해야겠다. 우리는 너무 피곤하고 우울하고 무력했다. 옳은 일이라고 생각했는데 왜 그런 취급을 당해야 하는 건지 도무지 이해할 수 없었다.

그후 남자가 처벌을 받았는지 어땠는지는 지금도 모른다. 아마도 벌금형 같은 것에 처하지 않았을까 싶다. 세상 좆같다 정말.

그러고 나서 한동안은 봐도 못 본 척 알아도 모르는 척하며 살았던 것 같다. 부끄럽지만, 피곤하고 힘든 일에 휘말리고 싶지 않았다.

지금이었으면 국민신문고에 써서 징계를 먹였을 것이다. 여러분 공공기관에서 부조리를 목격한다면 무조건 상세하게 적어 국민신문고에 올리세요. 그러면 그 사람은 어쨌든 조사를 받게 되고 작은 것이라도 벌을 받게 되어 있습니다. 국민신문고. 잊지 마시고 세 번 머릿속으로 외치세요. 지금.

그다음에 경찰서에, 간 건 아니고 신고를 한 건 귓갓길에 놀이터에서 청소년 무리가 한 명을 린치하는 것을 목격하고 나서였다. 경찰은 내게 전화를 걸어 가봤는데 아무도 없더라, 하고 말했다. 허무했다. 또 그다음은 윗집의 가정폭력 때문에 신고했는데 경찰이 윗집에 출동하고 나서 바로 우리집으로 와 벨을 누르고 아무 일도 없던데 왜 신고를 했느냐고 따졌다. 아니 한 층에 집이 두 개뿐인 육층짜리 빌라에서 윗집에 갔다가 바로 우리집에 와서 문을 두들기면 어떻게 해요? 무슨 보복이라도 당하면 어쩌려고 그렇게 생각 없이 행동하는지. 한숨이 나왔다. 그건 내가 한 달 동안 몇 차례나 들은 거였고 그래서 신고한 건데, 남자의 얼굴이 상기되지 않은 걸로 봐서 폭력 사건이 없었던 것 같다고 경찰은 말했다. 네. 그렇겠죠. 얼굴이 상기되지 않았으니까. 논리 오지네.

여기까지 쓰고 또 주말 이틀이 가버렸고, 생각이라는 것을 하는 데 나는 작년 가을쯤 내가 겪은 일을 쓸까 말까 망설이고 있다. 하나를 얘기하려면 열을 얘기해야 하고 그걸 다 얘기하는 건 내 권리가 아니라고 생각하기 때문이다. 그래서 그냥.

나는 상해진단서를 떼러 정형외과에 갔고 보험도 안 되는 상해진단서를 굳이 십만원이나 주고 꼭 떼가야겠냐 이번이 처음이 아니냐 그럴 필요가 있느냐는 훈계를 남자 의사에게 진료실에 앉아 듣는 수밖에 없었다. 고집하니까 어쩔 수 없이 해주는 거라고 유난스럽다고 하던 그 얘기를 듣고 진단서를 받아 혼자 칼국수를 먹으러 갔다. 집에 돌아와 침대에 누워 있으니 경찰서에 상주하는 상담가라는 여자분이 전화를 걸어왔다. 언뜻 목소리만으로도 내 어머니 나이쯤 되었겠구나 짐작이 갔다. 내가 형사 고발에 대해 묻자 이번이 처음인데 가정을 생각하셔야지 고발할 생각부터 하느냐고 자식도 있는 사람이 그러면 안 된다고 했다.

'여성의전화'에 전화를 걸었다.

그분은 한 시간 넘게 내 얘기를 들어주고 과장된 공감 대신 그저 묵묵히 들으며 동의해주고 응원해주었다. 얼굴도 본 적 없는 사람에게 이렇게 마음을 쓸 수가 있나? 제일 친한 친구에게 전화를 걸어 이야기하는 것처럼. 부끄럽고 미력한 내 내면을 솔직하게 얘기해도 비난하지 않았다. 그리고 앞으로 내가 해야 할 일들에 대해 여러 번 천천히 설명해주었고 다음날 다시 전화를 걸어 괜찮은지 물어오기도 했다.

나는 결국 형사 고발을 하지 않았다. 내 아이의 아빠가 전과자가 되는 일을 쉽게 결정할 수 없었다. 나는 소송도 걸지 않았다. 나는 그냥 모든 일을 조용히 처리하고 받아들였다. 2008년에 시작된 인연을 그렇게 끊어냈다. 내 삶에서 가장 오래 알았던 사람. 가장 사랑했던 사람. 가장 미웠던 사람을.

나는 자다가 소리를 지르며 깨서 오열하고 운전중에도 악을 쓰면서 울기도 많이 울었다. 마치 누군가가 네 삶에서 눈물의 시간은 이제 얼마 남지 않았으니 쓸 수 있을 때 다 써야 한다고 말한 것처럼.

모든 공권력과 경찰 기관이 잘못된 것은 아니겠지. 정의롭고 올바른 마음을 지니고 성실히 법을 수호하는 자들도 있겠지요. 혹여 이 글을 읽으면서 상처를 받으신 분이 있다면 죄송합니다.

그렇지만 내가 이혼 과정에서 분명히 느낀 것은 국가의 의지는 정상 가정을 존속시키는 것에 너무나 치우쳐 있다는 것이다. 혼인신고를 할 때 느꼈던 것은 '이렇게 쉽게?'였는데. 종이 한 장만 채워서 내면 법적 부부가 되어버리는 것의 단순함에 놀랐는데. 이혼하며 느낀 것은 정말 귀찮아서라도 안 하게 만들려고 엄청나게 많은 장치가 준비되어 있다는 사실이었다. 웬만큼 싫지 않은 이상에야 정말 피곤해서라도 관두고 싶을 정도로 자잘하고 잔잔하게 많은 허들이 있었다. 서류 접수 후에 교육 상담 방문시 한쪽이라도 오지 않으면 다시 약속을 잡아야 하는 것이 아니라 모든 것이 무효가 되어버려 접수부터 다시 시작하게 만든 것. 마지막 단계인 판사의 판결 후에도 서류를 삼십 일 이내에 구청에 접수하지 않으면 또다시 무효가 된다는 것. 이렇게 이혼이 어렵고 지난하게 되어 있다는 것은 제발 닥치고 그냥 살면 안 되겠니? 그런 국가의 의지의 반영에 다름 아니었다.

그 과정에서 개인이 받는 상처나 고통에 대해 국가는 전혀 관심을 기울이지 않는다.

가족 심리상담이나 아동 심리상담 등의 후속 조치는 없다. 그렇게 고집부려서 이혼을 하면 너만 손해라는 인상을 지속적으로 준다.

나는 혼자 아이를 키우면 무조건 한부모가정인 줄 알았다. 이혼 후 한부모가정 신청을 하러 주민센터에 가서 들은 이야기.

양육비를 포함하여 한 달 수입이 백이십에서 최대 백구십 이상이면(상대에게 받는 양육비를 포함하여) 신청이 불가능하며 일 년간의 은행 입출금 내역을 제출해야 한다. 차량이 있는 경우는 차량이 소형이거나 출고된 지 십오 년 이상 지난 차가 아닌 이상에는 불가능하다. 그래서 나는 한부모가정이 되지 못했다. 정말 가난하지 않은 이상은 지원해주지 않겠다는 그 확고한 의지. 나는 그래서 포기할 수밖에 없었다.

애 많이 낳으라고 낙태도 금지하고 가임기 여성 분포도 같은 것도 만들면서 혼자 애 키우는 건 이렇게 어렵게 해놓으면 누가 애를 낳고 싶겠어요. 내가 이십대에 처음 직장 다녔을 때 월급이 백오십이었는데. 그것보다 적게 벌어야만 지원해준다는 거 아니야. 한부모가정 지원을 잘해주면 여자들이 탈혼 할까봐 그런가? 그런 생각까지 들었다.

얼마 전에 트위터를 하다가 본 인상적인 글이 있었는데, 결혼을 하건 비혼을 하건 본인의 경제력을 놓지 않는 일은 정말 중요하다는 것이었다. 나도 동감한다. 만약 내가 한푼 벌 수 없는 상황에 놓여 있었다면 나는 이혼할 수 있었을까? 다 애를 위한 거라고 자위하며 다들 이렇게 사는 거라고 생각하지 않았을까?

하루하루가 지나간다. 2020년이 막 시작되었던 때가 지금도 기억이 나는데 벌써 오월이 다가오고 있고, 매일을 어떻게 보냈는지 기억이 나지 않을 정도로 지금은 앞만 보며 살고 있다. 앞으로 오십 년은 더 이렇게 살아야겠지. 생각하면 너무 까마득해서 가슴이 미어지는 것 같다. 엄마가 그랬다. 인생은 길지도 짧지도 않다고.

길기도 하고 짧기도 하다고 이해했다. 윤이형의 「루카」를 다시 읽었고 마음이라는 게 어긋나서 깨져버리는 순간은 어째서 찾아오는 걸까, 사랑은 왜 그런 걸까, 제프 버클리는 아버지 팀 버클리에 대해 무슨 생각을 했을까, 그런 생각을 했다. 더이상 시간이 흐르지 않았으면 좋겠다. 오늘밤 세상이 멈춰버려서 아무도 이 글을 읽지 않았으면 좋겠다.

눈이 내린다면.

*

K

네 친구가 속옷을 벗기고 질 속으로 손가락을 집어넣었을 때 나는 놀라 잠에서 깼어. 네 친구는 나신으로 발기한 채 서 있었어. 그 일을 네게 말했을 때 너는 나를 더러운 여자 취급했지. 바람이라고 했지. 그리고 계속해서 너는 친구와의 자리를 만들었어. 나는 웃으며 함께했어. 그랬어.

시간이 흐르면서 알게 되었어. 그날 내린 눈이 무엇을 의미했는지. 왜 나는 방향을 틀 수 없었는지. 여기서 내리면 힘겹게 올라온

길이 모두 아무것도 아니게 되는 거라고. 계속해서 액셀을 밟을 수밖에 없다고.

나는 내 기억을 왜곡하고 모든 게 내 잘못이라고 생각했어. 아무에게도 이야기하면 안 된다고 생각했어. 다시 더러운 여자라고 낙인찍히게 되는 일을. 굳이 해서 무엇하겠어. 왜 그렇게 네 옆에 있고만 싶었던 걸까. 그걸 사랑이라고 믿었어.

그래요. 그때 제가 본 것은 더러움이었습니다. 그것을 보고도 눈치채고 싶지 않아서. 나는 빛으로 가득한 세상에 있다고 말했습니다. 제가 본 것을 저도 믿을 수 없는데 누가 저를 믿겠습니까. 그토록 오래 시간이 흘러도 잊히지 않는 것이 있다고 눈물로 사정을 해도 들어주지 않는 것을 계속 주장하는 일이 과연 제게 어떤 이득을 가져다줄까요. 이 세상이 내게 등을 돌려도 등을 돌리면 안 될 사람이라고 믿었던 사람이 망설임 없이 등을 돌리는 모습을 두 눈에 새기는 일을.

사람을 죽였다고 너는 말했습니다. 네 명을 죽였다고. 이제 와서 이야기하였습니다. 친구와 만나지 못하게 한다고 저를 비난하고 짓밟았습니다. 그리고 제가 없는 밤에는 몰래 기차를 타고 친구를 만나러 다녀오고 집에도 초대했더군요. 이 일을 제가 어떻게 입에 담을 수 있겠습니까.

더러운 짓을 하였습니다. 제가 사람을 죽였습니다. 그의 몸을 비닐로 싸 트렁크에 넣고 절벽 아래에 던져버렸습니다. 눈이 모든 것을 가려줄 거라고 믿었습니다. 기분이 좋았습니다.

새로운 기쁨

디아스포라

복도는 끝이 없다. 대리석 무늬를 내려다보고 있으면 바닥은 떠오른다. 천장과 바닥의 경계가 허물어지고 시야는 비스듬히 기울어진다. 같은 옷을 입고 같은 책을 들고 같은 곳을 향해 걷는 한 무리의 여자애들. 그애들을 잘 구별하지 못했다. 어떤 애는 키가 크고 어떤 애는 뚱뚱하고 어떤 애는 지나치게 큰 눈을 껌벅였겠지만. 붉은 체크가 공중을 떠다닌다. 미끄러진다. 입맛을 다시는 고양이처럼, 증발하는 물웅덩이처럼. 교실도 복도도 아닌 공간에 엽서는 꽂혀 있다.

교탁에는 출석부가 있고 거기에는 서른다섯 개의 얼굴이 있다. 서른다섯 개의 얼굴은 유사하다. 모든 얼굴이 동일한 형식과 동일한 구조 안에서 동일한 방향을 갖는다. 누군가는 누군가를 호명하기 위해 얼굴들이 필요할지 모른다. 커튼, 커튼. 여자애들은 쉽게 조용해지지 않고 더 큰 목소리와 더 큰 부피를 요구한다. 뻔뻔한 것은 오른쪽 왼쪽 병렬의 창. 창들은 굳게 닫혀 있다. 투명은 투명 이전의 불투명을 가시화하기로 마음먹었겠지. 그런 방식이 좋게 느껴지지 않는다. *지금, 이 순간 무언가 일어날 것 같아. 인생을 뒤바꿀 커다란 사건. 돌아올 수 없이 멀리 내던져질 것 같아.* 옆에 앉아 있던 여자애는 노트에 종종 그런 것을 써서 건네주고는 했다. 그렇지만 알 수 없었다. 알고 싶지도 않았다.

공은 튀어오른다

커다란 숨을 쉬고 싶었다. 체육 시간은 견디기 힘들었다. 자유투, 쌩쌩이, 오십 미터 달리기, 오래 매달리기 같은 것들이 어려웠다. 동그랗고 커다란 여러 가지 공들. 공들이 가까워지는 것이 무서웠다. 체력장이 매년 있었는데, 한번은 같은 반 아이가 오래달리기 도중 쓰러졌다. SS501의 영생을 좋아했던 은지, 유난히 하얗고 통통했던, 초등학생 때부터 여러 번 같은 반을 했던 은지. 남들보다 심장이 작아 잘 뛰지 못했던가. 커다란 숨이 없어서, 사람은 픽 쓰러질 수도 있다. 그때 은지를 양호실에 데려갔다. *아무도 없어서 어떻게 해야 할지 몰랐어.* 하얀 체육복 아래 가슴이 부풀었다 꺼졌다 하는 것을 지켜보았다. 바람이 없는 날은 바람에 대해 생각할 수 있지. 우리는 그걸 공기의 이동이라고 생각하자. 옅은 박동을 눕혀두고 옆 침대에 누워 눈을 감았다. 문득 몸서리치는 수만 개의 호흡 같은 기분. 불안은 쉽고 분노는 처음이다. 알 수 없다는 말이 말처럼 느껴졌다. 흰 손이 시트 아래로 툭 떨어져내리는 걸 봤다. 깼을 때, 천장은 내려앉고 있었는데 기분이 좋았다. 교실에서 가방을 챙겨 집으로 향할 때 조금씩 비가 내리기 시작했다. 비가 내리기 시작하더니, 비가 자랐다. 더 더 커다란 숨. 커튼처럼.

There is a light that never goes out[*]

가장 처음으로 눈에 띈 것은 춤을 추는 윤이다. 윤은 언뜻 여자앤지 남자앤지 구별이 되지 않았는데 춤을 추기 위해 태어난 것처럼 보였다. 동아리 활동 때 강당에서 윤을 봤는데, 걔는 레즈비언이라고 다른 여자애들이 떠드는 것을 들었다. 그래도 좋으니 사귀고 싶다는 애도 있었다. 웃기다고 생각했다. 그러면서 나는 몇 주 후부터 윤을 주인공으로 소설을 쓰기 시작했다. 특별한 내용은 없었다. 외계인들이 지구를 침공해서 종말이 오고, 그들이 윤을 데려가는 내용이었다. 왜 하필 윤인지 그런 것도 없었다. 그냥 무턱대고 데려가는, 그런 이야기였다. 당신들이 기대하는 것은 전부 탈각된, 그런 서사를 갖고 싶었다. 부러지기 쉬운 성질의 사물을 그런이라는 말로 얼버무려야만 하는 마음만큼. 더는 표정

---

[*] The Smiths, 〈There Is A Light That Never Goes Out〉, 1986.

을 갖지 않기로 다짐하는 하얀 커튼들, 커튼 속에는 엎질러지기 직전의 얼굴들.

옆의 아이에게 그것을 보여줬다. 그애는 울었다. *너 벌받을 거야.* 손목이 소매를 위해 손목이 뼈를 위해 손목이 창과 창의 바깥을 위해 손목이 다른 손목이 먼저 발견한 손을 위해. 울고 있는 옆의 의자는 아무것도 모른다고 생각했다.

집에 가면 책상 앞에 앉았다. 정적 속에서 도시락을 꺼내 먹었다. 육 년 동안. 늦은 점심을 먹었다. 붙잡을 수도 볼 수도 없는데 전파들은 공중을 흘러다니는 거야. 잡아낼 수 없는 불안도 가득할 거야. 유령이라고 말해볼까. 라디오를 틀고 볼륨을 높여요, 별이 빛나는 밤에, 고스트 스테이션을 들었다. 추리소설을 읽으며. 브라운 신부가 좋았다. 밤이 새도록 읽었는데, 잠들기 싫어서. 지금 잠들면 내일이 너무 빨리 오니까. 가끔 문자를 받았다. *죽어라. 씨발 걸레년. 꺼져.* 왜일까? 왜 작은 빛은 그림자도 부르지 못할까?

할머니와 할아버지는 엄격하고 깨끗한 사람들이었다. 언제는 휴지통에 말아 구겨넣은 생리대를 꺼내 눈앞에 들이민 적도 있다. 샤워는 십 분 내로, 수건은 사흘에 하나, 저녁은 다섯시 반, 아홉시 취침. 장교 출신 할아버지는 규율을 아끼는 분이었다. 밤에 깨어 있는 것도, 책을 읽는 것도 용납하지 않았다. 어떤 때는 내내 뒤척이며 어둑한 천장과 몸, 노인들이 풍기는 낙엽 냄새 같은 것, 감은 눈을 꾹 눌러 눈 속을 구경하며 누워 있는 시간이 전부였다. 배가 고팠다. 배가 고파서 견딜 수가 없었다. 진심은, *내일이 오지 않기를 바라.* 윤은 홀로 인간인 채, 우주 공간을 부유하며 그렇게 말한다. 뭐가 다른 걸까. 뭐가 잘못된 걸까. 모험을 하기로 했다.

벚꽃 동산

연극반은 연극을 하지 않는 연극반이다. 몇 주에 한 번씩 돌아오는 토요일 외에 동아리방은 거의 비어 있었다. 몇 장의 그림 몇 장의 대본 몇 권의 오래된 책 가죽이 벗겨진 소파가 있고 보면대와 삼선 슬리퍼, 보온병은 열린 채 바닥에 넘어져 있다. 소파에 앉으면 화단과 화단 너머 운동장이 보이는데 가늘게 오려붙인 여러 개 다리들이 빗금을 그으며 사라진다. 관객의 마음을 알게 된다. 관객은 아무 의미도 내용도 없는 것을 오래 참고 지켜볼 수 있어야 하니까. 연극을 하지 않는 연극반에는 연기하지 않는 연기자, 대본을 쓰지 않는 극작가, 지도하지 않는 선생, 아무도 들여다보지 않는 얼굴들, 아무것도 아무 일도 일어나지 않는 매일이 있다. 그래도 일 년에 한 번은 연극을 올려야만 했다. 그때는 다들 분주해진다. 분주하게 연기를 하고 대본을 뒤지고 선생은 지도를 위해 팔을 들어올린다. 연극적으로 연극을 준비한다. 〈벚꽃 동산〉. 〈벚꽃 동산〉은 늙은 하인 역을 주었다.

외계인들에게는 언어가 없다. 윤은 점점 말을 잊어버렸다. 처음에는 잘 쓰지 않는 말들, 어려운 말들(융기, 고주파, 격감 등)을 잊는다. 그다음은 먼 사람들, 먼 나라들의 이름(페루, 루마니아, 볼셰비키, 하워드, 아니면 늘 고개를 숙이고 책상에 앉아 있던 검은 머리 같은)을 잊는다. 아직은 아니지만 마지막에는 안녕을(윤은 펜을 사기 전에 늘 안녕, 하고 적어보는 버릇이 있었다) 잊을지도 모른다. 그게 맞는 순서고 그게 윤을 편하게 만들어줄 것이다. 쓸모없는 언어를 끌어안고 있기에 우주는 너무 크니까.

……나는 지금 머릿속이 혼란해서 제대로 말도 못하겠습니다. ……벚꽃 동산은 이제 내 것입니다! 내 것이 됐어요! ……이건 신비의 어둠에 싸인 상상의 산물입니다. 나는 환각에 도취되어 꿈을 꾸고 있는 겁니다. ……이봐 악사들 연주를 하게, 내가 듣고 싶으니! 모두들 와서 구경을 하시오. 예르몰라이 로빠힌이 벚꽃 동산에 도끼질을 하여 나무가 땅 위에 쓰러져가는 꼴을!……*

짐을 들고, 바랴, 가예프, 시메오노프피시크, 로파힌, 보따리와 우산을 든 두냐샤의 짐을 들고. 라네프스카야 부인에게 모자와 외투를 챙겨준다. 그게 다다. 짐을 들고, 짐을 나르고, 모자와 외투를 챙겨준다. 그게 전부다. 벚나무는 없고 벚나무를 찍는 소리, 나무가 쓰러지는 소리, 조잡한 노이즈가 뒤섞인 소리만 빈 강당에 울

---

* 안똔 빠블로비치 체호프, 『벚꽃 동산』, 오종우 옮김, 열린책들, 2004, 245쪽을 변형.

린다. 피르스는 쓰러진다. 쓰러지며 *이 등신 같은 놈아*, 한다. 커튼
뒤에 숨어 듣는다.

퀴즈퀴즈

미신을 잘 믿는다. 보도블록의 금을 세며 걷다가 삼의 배수는
건너뛴다거나, 사층으로 가는 열번째 계단을 밟으면 재수가 없다
거나. 왜 미신들은 곧잘 숫자와 관계하는 걸까? 아니면 얼굴들, 얼
굴들은 늘 많지만 늘 많은 얼굴 위로 겹겹이 쌓여 있는 얇은 그늘
같은 것들, 불안. 커튼, 커튼. 흔들리는 눈 코 입. 불안과 불안을.
낡은 검정 우산을 단단히 다시 느슨히 쥐고 브라운 신부처럼. *모*
두들 비밀을 찾아 헤매지. 모두들 비밀을 찾아 헤맨다! 알 수 없는
것은 영영 알 수 없기를 바랐다. 쓰러진 나무들이 쏟아내는 것. 옆
모습, 언제부터인가 짝은 몇 번씩 책상 위에 소설책을 올려놓곤 했
는데, 읽는 것은 본 적 없지만 몰래 펼쳐본 페이지에 간혹 밑줄이
그어져 있었다. 어려운 일이구나. 어떤 사람은 죽은 사람의 이름을
내내 불렀더니 갑자기 숨이 멎었대. 아니면 의미를 알 수 없는 주
문이나 동작을, 왜 미신은 곧잘 반복과 관계하는 걸까?

우주의 기분을 알아? 우주에서는 어떤 춤을 춰야 한다고 생각
해? 어떤 춤을, 출 수는 있다고 생각해? 조금씩 말을 잊는 병에 걸
린다면, 마지막까지 기억하게 될 단어는 뭘까. 무중력의 우주를 부
유할 그런 단어. 끝끝내 남아 있을 무엇.

중학생 때부터 롯데리아에서 일을 했다. 짧은 반바지를 입고, 무릎을 꿇고 손걸레로 콜라가 엎질러진 바닥을 훔쳤다. *안녕하세요. 어서 오세요. 롯데리아입니다. 맛있는 리브샌드가 새로 나왔습니다.* 주문을 받고, 버거와 음료, 감자튀김을 트레이에 챙겨놓았다. 설거지를 하거나 커다란 프라이머신 앞을 지켰다. 이 분 삼십 초가 지나면 기계에서는 이상한 알람소리가 났다. 하얀 가루를 긴 막대 더미에 잔뜩 뿌렸다. 메이트들, 하루를 함께하는 가출한 언니들, 화장품을 돌려 바르고 서로의 옷을 바꿔 입는 언니들, 무단 조퇴를 일삼거나 오토바이를 훔치는 오빠들, 친절하고 낯선. 쉬는 시간에는 비닐봉지를 접으며 소프트아이스크림을 먹었다. 퐁퐁을 묻혀 기름에 전 얼굴을 닦아내고 거울에 비친 이상한 구멍들을 보았다.

수업시간에 조는 일이 많아졌다. 졸다가, 나중에는 엎드려 잤다. 아무도 깨우지 않아 몇 교시가 훌쩍 지나 있기도 했다. 윤의 비스듬한 뒷모습, 날개뼈의 윤곽이 블라우스 위로 도드라져 있었다. 따분하다는 듯 턱을 괴고 목뒤로 이어폰 줄을 둘러 숨기고…… 머리칼 아래는 하얀 귀가 두 개, 음악을 듣는 윤. 온몸의 근육을 애써 붙들고 있는 윤. 금방이라도 교실을 뛰쳐나가 팔다리를 흔들고 뛰어오르고 허리를 튕겨 리듬을 만들어낼 윤. *너도 지금 견디고 있구나.* 교실 안에 갇힌 윤은 작은 토르소처럼 보였다.

인과는 무섭다. 인과라니, 인과라니. 아무것도 이해할 수 없으면서 그따위 것에 매달리다니. 기억을 재구성하려는 인간은 얼마나 나약한지, 기만적인지. 그렇다면 그토록 좋아했던 추리라는 것도 전부 거짓일 뿐인데. 소설은 그저 우주를 부유하는 작은 몸에서 멈춰 있다. 나아갈 수 없다. 움직일 수 없다. 콜록거릴 때마다 몸에서 작은 조각들이 부서져 떨어진다.

소용돌이

버스를 두 번 갈아타고 교문 앞에 섰을 때. 어쩔 수 없이 끌려 들어가듯 교실에 들어섰을 때. 별다른 일 없이 하루가 시작되는 줄만 알았는데, 모두가 고개를 돌려 구멍들을 드러냈다. 칠판에는 소설의 일부분이 비뚤게 적혀 있었다. *이제 어떻게 할 거야?* 따져 묻듯 옆의 아이가 웃고 있었다. 멈춰 서서 의자를 꺼내 자리에 앉았다. 책상 위에 가방을 올리고 책을 꺼내려 할 때 자리를 박차고 일어난 윤이 뛰듯이 자리로 와 책가방을 낚아챘다. 그애는 말도 없이 가방을 뒤집어 모든 물건을 바닥에 쏟아냈다. 공책을 샅샅이 뒤지고 서랍을 뒤지더니 책들을, 공책들을 찢어발겼다. 다들 숨을 죽이고 윤이 씩씩대는 것을 지켜봤다. 간신히 울음을 참는 것을. 아랫입술을 깨문 것을.

종이 울리고 턱을 괸 오후와 이를 앙다문 커튼의 떨림은 시작되었다. 이제 무엇을 어떻게 해야 하는지 알 수 없었다. 알 수 없어서 팔이 엇갈리고 어깨가 떨렸다. 옆에서 작은 소리가 들렸다. *왜, 또*

잠이나 자지?

다음날에는 체육복이 없어지고 그다음날에는 화단에 책상이 거꾸로 처박혀 있었다. 모두 즐거워 보였다. 표정, 표정들. 조금씩 더 자신 있는 견고한 근육들. 범인을 확신한 탐정의 걸음걸이, 트릭의 비밀을 알아낸 은밀한 기쁨 속에서.

가장 큰 가방에 긴팔 티셔츠 긴팔 재킷 긴바지 속옷 여러 개 양말을 구겨넣었다. 책장 앞을 서성대며 무슨 책을 꺼내야 할까, 망설였다. 『동세포 생물』, 『카라마조프가의 형제들』, 『북 치는 소년』 그리고 『내가 죽어 누워 있을 때』를 넣었다. 마지막으로 공책. 우주 속을 떠도는 무시무시를 집어들었다. 그후에는 거칠거칠한 어둠과 키가 큰 나무들이다. 그게 다.

밤거리는 하얗게 사람들을 밀어내는 중이고 파도에 떠밀린 모래알갱이들처럼 혹은 더 큰 바람을 기다리는 포말처럼 이것이 예감할 수 있는 최후라는 것을 받아들였다.

이빨들

기억상실증에 걸리면 어떨까. 거울 속 낯선 얼굴에 화들짝 놀라고 처음인 것처럼 버스에 올라타고 하얗고 김이 나는 만두를 조심스럽게 먹어본다면. 이응과 시옷의 형태에 대해. 가림막 뒤에 서서 두근대며 챙이 좁은 모자를 매만졌던 순간, 윤과 윤을 처음 마주쳤던 날과 비스듬한 가로등 빛, 우주의 온도 혹은 온도를 견디는 가느다란 육체를 잊게 된다면.

전에는 종일 감자튀김이나 오징어링 같은 것들이 뜨거운 기름 속에서 튀겨지는 걸 보며 시간을 보냈는데 이제는 검은 기름이 구멍 속으로 콸콸 쏟아져들어가는 것을 상상하며 하루를 넘긴다. 끈적한 기름 냄새를 벗겨낼 수 없다. 교실 한편에 종일 술렁이던 커튼이나 부력, 추락하는 오후의 호흡에 빼앗기기 시작한 뒤집힌 피부에 새겨져 있는 꽉꽉 들어찬 냄새를, 지울 수 없다. 위아래가 연결된 커다란 옷을 입고 우주복처럼. 긴 호스를 끌고 떠돌며, 중력의 바깥으로 갈 것이다.

비좁은 틈에 몸을 구겨넣으며 잠들 때 가끔 할머니 할아버지를 생각했다. 아직도 검은콩을 우물거리며 씹어 삼키는지 식사 전에는 하나님한테 기도를 하는지 여덟시만 되면 자리를 깔고 눕는지. 그 집에서 오래된 종이처럼 조용히 시들어가던 무엇에 대해 생각했지만 도무지 그것의 정체를 짐작할 수 없었다. 그것은 생각하는 것이 아니다. 관통당하는 것처럼 스미는 것처럼 저절로 느끼게 되는 것이고 스스로도 눈치채지 못한 상태에서 예감하게 되는 것이다. 때때로 그들은 비밀을 위해 일본어로 대화하곤 했다. 이젠 그럴 필요가 없으니 일본어를 잊겠지. 문득 그을음을 뒤적이는, 검버섯이 잔뜩 피어 반들반들한 손등을 만지고 싶었다. 눅눅한 이불 속을 뒤척이며 땅딸한 검정, 감자처럼 찌그러진 얼굴, 잰걸음을 뒤쫓고 싶었다. 뭐든지 떠들고 싶었다. *신부님, 죄를 가르쳐주세요.* 브라운 신부를 똑바로 마주보던 어느 방과후를 떠올렸다. 진짜 나쁜 건 뭘까. 무언가를 이해할 수 있다면 그건 나쁜 게 아닌 걸까. 씩씩 거리던 발목과 핏줄이 터질 것같이 꽉 깨물린 아랫입술, 그걸 나쁘 다고 할 수 있을까. 턱을 괴고 창밖을 멀거니 바라다보던 몇 년이. 무중력 속에서 사라지고 있어, 윤.

종종 오빠들은 오토바이를 타고 여자 숙소에 찾아왔다. 그때마 다 몇 시간씩 도로를 달렸는데 속도가 점점 빨라지다가 너무 빨라 질 때, 너무 빨라서 오히려 느린 것처럼 느껴질 때, 몸이 공중으로 뜨는 기분이 들 때. 뜯겨져나가는 것처럼. 뒤를 돌아보고 싶었지만 속력 때문에 그럴 수 없었다. 그후에는 깡소주를 마시고 담배를 피 우고 고래고래 소리를 지르며 패싸움을 하고 노래방엘 가고 돌아 가면서 절교를 했다. 오빠들은 그게 다 의리라고 했다. *의리를 저 버리면 안 되지. 무덤까지 갖고 가야지.* 그런 말을 자주 했다.

그래도 공책을 들여다보곤 했다. 아무도 깨지 않은 새벽이나, 교대로 카운터를 지키는 새벽에는 *아 얼마나 추울까, 윤은.* 하고 중얼거리는 일이 있었다. 진공상태. 오도 가도 못하는. 최대치의 어둠이 거기 있다고 생각하면 안도할 수 있다. 커다란 이빨 사이에 끼어서, 삼켜지기 직전의.

일렬종대의 우주인들. 여기 사람들에게 그런 이름을 붙였다.

엽서

왜 그런 생각을 했을까. 누가 볼 거라고 생각했을까. 연극반 앞으로 엽서를 썼다. *짐꾼은 늘 짐을 듭니다. 짐꾼의 손에는 굳은살이 가득하고 그의 얼굴은 곧 쓰러질 나무처럼 검고 주름이 가득합니다. 간격을 원하는 벚꽃들에게 돌려줄 것이 없어 그는 결국 쓰러질 것입니다. 아마 우주에서는 한 그루의 나무도 쓰러지지 않겠지요. 애초에 쓰러질 무엇도 없겠지요.* 때에 전 검은 손과 닳은 손톱을 내려다봤다. 무슨 마음이냐면 만 번쯤 환생해 다시 살고 있는 것 같은. 주유구를 멍하니 보다 혼나기도 했다. 아무도 아무를 데려가지 않으니 아무에게 아무를 찾을 아무 청력도 존재하지 않는 아무인 채 *아무아무……* 하다보면 아무가 되는 그런 부분적인 심정을 갖겠다는 확신이다. 도착했을까. 돌아갈 행성 같은 곳이 있다면 어딘가를 침략하거나 누구를 데려갈 수 있을 테니까.

가끔 아는 사람이 기름을 넣으러 오지는 않을까 무서웠지만 은근하게 아는 얼굴을 기다리기도 했다. 단지 잊히는 것의 두 기분, 쓸쓸하고 황홀해지는 그런 갈림길에서 우왕좌왕하고 있던 것뿐이다.

And they couldn't find them

먼 나라에 가고 싶다. 먼 땅에서 다른 존재로 살고 싶다. 종종. 밤에는 잠을 자지 못하고. 핵이 터지면 좋겠다. 세계가 끝나면 좋겠다. 그런 멍청한 생각들 사이를 헤매. 눈먼 부엉이처럼. 네가 기억하는 것이 여기 있느냐고 묻고 싶다. 결국 윤은 언어를 잊기 전에, 춤을 잊기 전에 아사했다. 그런 것. 스스로 써놓고도 웃기다고 생각했다. 한심하군. 그렇지만 그게 현실이겠지.

다시 그곳으로 돌아가지 못했다. 아무도 찾아내지 않았기 때문에. 그러나 멀어질 수도 없는 비참에 대해 나무들은 잠시 동의를 표하기도 했지. 윤, 윤이라고 말해보고 싶었지만 그러지 않았던 것은 그게 더 많은, 다른 것들을 불러올 것을 예감했기 때문이다.

무릅쓰고 묻고 싶었던 것은 그때 그래서 네가 더 나아졌는지. 혹시 궁금하지는 않았는지. 우주를 떠도는 스스로가.

계절이 많이 바뀌었고 알 수 없던 냄새 같은 것은 무너지는 줄도 모르고 무너졌다. 여러 개의 얼굴들, 붉은 체크무늬 같은 것을 보지 못한 지도 오래다. 기억이라는 것은 얼마나 기만적인지. 점점 기울어지는 태양 속의 육체. 잿더미를 뒤적이는 심정으로. 공책을 펼쳐보았다.

그들이 여기 온 건 무언가를 찾기 위한 것이지. 그 무언가가 무엇인지를 알지 못한 채. 오래된 노래를 들을 때나 매일 하는 일을 무심코 하는 것처럼 몸이 먼저 움직이는 그런 부분이 필요하다. 그건 회의주의자가 나무의 의미를 발견하려고 하는 것만큼이나 당황스러워. 그들은 화가 나지. 그들은 살육을 시작한다. 피를 처음

거짓 거실
창백한 빛
영원히 익히지 않는
넘 두 새 차가운 손
돌아선 등
호흡 창
안녕 밤이 두근거릴 때
가장 마지막 말

봤을 때 얼마나 놀랐는지. 그들은 공포와 흥분을 동시에 품지. 장악당한 자들은 서로에게 서로를 덧씌운다.

피에게는 피, 뒤집힌 다리에는 더 깊은 흙, 린치를 가하는 얼굴에 밝게 빛나는 두 눈동자, 끝장내고 싶어서 어쩔 줄 모르지. 인간이 모조리 죽은 황량한 지구에서 외계인들은 기이한 아름다움으로 두 뺨을 물들이며. *우우우. 부우우. 우아아아.* 탄성을 내지른다. 그건 기름에 끓고 있는 막대감자들 같다.

마지막으로 남은 윤을 발견했을 때 그들은 한없이 길어지는 팔을 뻗어 그애를 작은 고철 속에 집어넣는다. 윤이 온몸으로 저항하기도 전에. 그때 윤이 무슨 생각을 했는지는 아무도 모른다.

내가 작가가 되기로 한 것은

처음 작가가 되고 싶다는 생각을 한 건 중학생 때의 일이다. 그때 우리집은 부도가 나서 손바닥만한 단칸 지하 셋방에 네 가족이 다닥다닥 이불을 깔고 누워 다 같이 잠들곤 했다. 하루는 가스가 끊기고 하루는 전기가 나갔으며 그런 일상 속에서 학교를 다니면서 가스버너에 라면을 끓여먹고 국물을 모았다가 밥을 말아먹고 신발 밑창이 닳아 빗물이 스미고 어떤 때는 한겨울에 찬물로 샤워를 하며 견뎠다. 나 때 막 EBS 인터넷 강의가 활성화되었고 집에 컴퓨터가 없는 사람은 손을 들라는 학교 조사, 유료 야자의 의무화 등은 나에게 큰 시련을 주었다. 엄마는 롯데리아에서 일하게 되었고 곧이어 나도 그곳에서 언니 이름으로 함께 일했다. 엄마가 그랬다. 먹는 거 파는 데서 일하면 배는 주리지 않을 거라고.

나는 시간이 날 때마다 점점 집밖으로 도는 아이가 되었다. 집밖이라고 해도 딱히 갈 곳이 있는 게 아니어서 나는 자주 고척도서관에 가곤 했다. 도서관은 고척 근린공원 내부에 위치했는데, 거기는 녹음이 짙은 오래된 공원이었다. 책을 읽다가 공원 벤치에 나와 앉아 멍하니 시간을 보내는 일이 많았다. 사람들은 개를 데리고 산책을 나오고 가족들은 웃으며 무리 지어 지나가고 연인들은 손깍지를 끼고 벤치에 앉아 나뭇잎 사이로 떨어지는 빛무늬를 바라보는 한가로운 공원 풍경 속에서, 나는 어쩐지 한 뼘짜리 평화에 동화되기도 하고 이방인이 되기도 하면서 그 공원을 사랑하게 되었다.

나는 폐관 시간 후의 가로등이 켜진 저녁 공원도 좋아했다. 아직 빛의 기운이 남아 파랗게 물든 하늘을 멍하니 보고 있으면 어딘가 멀리 아끼는 무언가를 두고 혼자 돌아가는 느낌에 사로잡혀 괜히 우울해지기도 했던 나는 감정적이며 쉽게 두근거리는 그늘진 인간이었다. 그 시절의 나를 누군가는 '문학소녀'라 칭할지도 모르겠다. 그런데 그 말은 멸칭처럼 느껴져서 사용하고 싶지 않다. 세상모르고 문학에만 빠져 꿈을 꾸는 그런 이미지는 기득권 남성들에 의해 만들어지고 기득권 남성들에 의해 소비당하기 때문이다. 문학을 사랑하는 어린 여성은 누구보다 현실적이고 냉소적이며 회의에 가득차 있다는 것을 그들은 받아들이고 싶어하지 않는다. 사회가 원하지 않는 여성이니까. '문학소녀'라는 말 자체가 하나의 낙인 같다.

어쨌든 나는 집에 들어가고 싶지 않았고 딱히 갈 곳도 없어서 알바가 없는 날은 도서관과 공원에 머물기를 즐겼다. 돈이 조금 있을 때는 도서관 구내식당에서 파는 우동을 먹었다. 지금 떠올려보아도 그다지 근사한 음식이 아니었는데 나는 왜 그렇게 그 우동을 좋아했을까? 얼마나 맛있었는지. 언젠가 다시 가서 먹어보고 싶다. 그냥 그리운 느낌이 든다.

집에 있고 싶지 않았던 이유는 사업에 실패해 스스로 낙오자가 되었다고 생각하는, 보이는 모든 것을 공격하며 헐뜯는 아빠가 티브이 앞에 누워지내는 일이 많았기 때문이다. 반쯤 송장처럼 누워 있는 아빠와 한방에 있으면 숨이 막혔다. 혼자 있고 싶었다. 미치도록 나만의 공간이 갖고 싶었다. 집에 가면 별 이유도 없이 얻어맞기 일쑤였다. 어떤 때는 저녁 여섯시에 집에 갔더니 귀가 시간이 너무 늦었다며 때렸고 중간고사 한문 시험에 98점을 받았다고 때렸고 한국 축구가 져서 화가 난다는 이유로 때리기도 했다. 그런 어이없는 이유는 셀 수 없이 많았다. 잠이 든 것 같아서 티브이를 끄면 보고 있는데 왜 껐냐고 갑자기 일어나서 소리지르곤 했다. 보호받고 안전함을 느껴야 할 집이 나에게는 없었다. 그래서 더더욱 책으로 도피하게 되었던 것 같다.

나는 어릴 때부터 늦게 잔다는 이유로 자주 맞곤 했는데 매일 밤 네 식구가 함께 잠자리에 드는 일은 곤혹스러웠다. 가족이 자는 동안에도 티브이는 늘 켜져 있었고 도무지 잠들지 못한 나는 아빠가 틀어놓은 바둑 채널이나 스포츠 채널을 보곤 했다. 가장 많이 했던 일은 천장에 어른거리는 빛을 바라보는 것이었다. 화면이 바뀔 때마다, 자동차가 지나갈 때마다 천장은 다른 색으로 물들었고 그걸 보고 있으면 여러 가지 상상을 하게 되었다. 아마도 그런 밤들 중 하루였다. 별다른 특별한 계기도 깨달음도 영감도 없었다. 그저 고요히 누워 나중에 크면 작가가 되어야겠다, 하고 생각했다. 소설가 무라카미 하루키처럼 멋진 계시의 순간이 내게도 있었다면 좋았겠지만 나는 아니었다. 불쑥 그런 생각이 들었고 의지할 것 없이 부유하던 그 시절의 나에게 그것은 아주 소중한 목표가 되어주었다. 그후 나는 고등학교에 진학하고 롯데리아 대신 KFC에서 일하게 되었고 엄마는 농협의 수산 코너에서 일하게 되었다. 밤이 되면 아빠 엄마 나 언니 순으로 누워 잠을 청하곤 했는데 엄마에게서는 늘 아무리 닦아도 지워낼 수 없는 짙은 비린내가 풍겼다. 그때는 그게 왜 그렇게 싫었는지 모른다.

우리집의 형편이 아주 개미 코딱지만큼 나아져서 반지하에 화장실 없는 방 두 개짜리 집으로 이사가게 되었던 것은 내가 고3 때였다. 대학생이었던 언니에게는 방이 주어지지 않았다. 나는 고3의 특권으로 두 개 중 하나의 방을 독차지할 수 있었다. 지금 생각하면 침대도 들여놓을 수 없을 만큼 작은 방이었지만 혼자만의 방을 갖게 된 것은 그때가 태어나서 처음이었다. 사방이 곰팡이로 둘러싸인 오백에 삼십짜리 그 집에서 나는 결혼할 때까지 살았다. 거기서 대학에 가고 등단을 하고 첫 시집 원고를 썼다.

작가가 되고 싶다는 나의 꿈은 은밀했다. 주변 모두가 고등학교를 졸업하면 내가 여공이나 작은 회사의 경리가 될 거라고 생각했기 때문이다. 빨리 커서 부모님 빚 네가 대신 갚아야지. 우리 부모님은 주변 모두에게 빚이 있었기 때문에 다들 눈에 불을 켜고 나를 지켜봤다. 언니는 괜찮은 대학의 회계학과를 다녔으니까 약간의 유예기간이 남은 셈이었고 나에겐 그마저도 없었다. 말이 느리고 멍해 보이는 나를 다들 좀 모자란 애라고 생각했다. 내 목표는 그때쯤 좀 구체적이었는데 일본에 가서 일본어로 글을 쓰겠다, 유미리처럼. 그런 생각을 하고 있었다. 제2외국어도 일본어로 택했고 일기도 일본어로 썼다(누가 읽을까봐). 나의 그런 목표를 처음 언니와 엄마에게 밝힌 밤이 지금도 생생하다. 둘의 반응은 몹시 흡사했는데 글은 아무나 쓰는 건 줄 아냐? 게다가 무슨 일본어냐, 한국어로도 제대로 못 쓰는 게 무슨. 이런 반응이었다(읽어본 적도 없으면서). 그때 왜 그렇게 쉽게 수긍했는지 모르겠다. 너한테 일본은 무리야, 절대 못해. 그 말을 그냥 받아들였던 것 같다. 왜 그랬을까. 솔직히 나도 그런 일이 내 분수에 안 맞는다고 생각했던 것 같다. 더 큰 포부와 야망을 갖기에 어울리는 나이였는데, 포기하는 법을 먼저 내면화하면서 자란 게 서럽기도 하고 아쉽기도 하다. 누군가 그때 내게 너는 할 수 있다고 말해줬다면 어땠을까. 남 탓을 하는 게 아니라 그저 지지와 응원을 받고 꿈의 크기에 먼저 한계를 설정하지 않을 수 있는 환경이 주어졌다면, 하고 상상해보는 것이다. 그때부터 일본어 공부를 게을리하게 되었던 것이 지금에 와서는 참 후회스럽다. 지금까지 열심히 했으면 번역도 같이 할 수 있었을 텐데.

학교에서도 반응은 비슷했다. 진로상담을 하며 서울예대에 가고 싶다고 했을 때 돌아왔던 얘기는, 거기는 아무나 가는 덴 줄 알아? 였고 나는 내가 아무나는 아니라고 생각했다. 일본은 포기해도 작가까지는 도저히 포기할 수가 없었다. 그렇게 오래 무언가를 원해본 게 처음이었기 때문이다. 그래서 그다음부터는 진로상담을 하지 않았다. 대신 안양예고 문예창작과에서 전학온 짝에게 내 글을 보여주곤 했다. 사실 걔가 전학오기 전까지 작가는 다 국문과에 가는 줄 알고 경희대 국문과를 늘 1지망으로 생각하고 있었다(캠퍼스가 예뻐서). 걔는 고2 때 전학왔는데 같은 반이 되면서 절친이 되었다. 걔가 국문과 가면 글 하나도 안 쓴다고 문예창작과에 가야 한다고 얘기해줬고 그래서 내 지망도 바뀌었다. 내 눈에는 중학생 때 이미 각성해서 준비하고 예고를 갔다는 사실이 너무나 대단해 보였다. 나보다 훨씬 멀리 가 있는 것 같아서 질투가 나기도 했다. 이제 와 생각하면 지망을 바꾼 건 참 다행스러운 일이다. 그러지 않았어도 작가는 됐겠지만, 내 글이 지금과는 달랐을 것 같다.

나는 좀 못나긴 했지만 지금 내가 쓰는 내 글이 좋으니까.

근데 걔는 내 시를 볼 때마다 너무 외국 시 같다고, 너는 입시에서 떨어질 거라고 그랬다. "우리 선생님이 네 글을 보면~"으로 시작하는 악평을 늘어놓곤 했다. 나는 백일장에도 나가본 적 없고 합평 경험도 전무했고 문예창작과의 존재도 이제 막 알게 되었기 때문에 걔의 말은 내게 절대적이었다. 걔는 나한테 시 대신 소설을 쓰라고 했다. 그래야 대학에 갈 수 있다고 했다. 그래서 입시를 준비하며 콩트를 많이 썼던 기억이 난다. 근데 난 시를 쓰고 싶었다. 무엇 때문인지는 잘 모르겠다. 시인이 더 멋있어 보였나? 잘은 몰라도 그때 내가 내 성질을 알았던 것은 아닐까? 지금도 나는 내가 소설은 절대 못 쓸 인간이라고 생각하기 때문이다. 예전에 일억원 고료의 장편소설 공모가 있었을 때(지금도 있나?) 나는 등단 후에도 거기 응모해보려고 생각을 많이 하고 소설을 써보기도 했다. 상금이 탐났기 때문이다. 물론 A4 세 장까지밖에 못 쓰고 전부 때려치웠다. 상금을 받고 싶다는 불순한 의도 때문인지 뭔지 소설은 써지지 않았다. 그때 나는 단념했다. 상금을 먹튀하는 것을. 내 인생 소설로 쓰면 한 권으로는 부족하지, 그렇고말고. 그거랑 진짜 소설 쓰는 거랑은 또 다르더라.

　결국 나는 시로 입시를 치렀고 서울예대에 갔다. 나 잘했다.

　(사실 재수해서 갔다.)

　누군가가 조언해주거나 앞날을 지도하려고 할 때 꼭 그 말에 흔들릴 필요는 없다고 생각한다. 내가 청개구리 심보인지 모르겠지만 어쨌든 그 사람이 나 대신 인생을 살아주지는 않으니까. 나는 내가 살고 싶은 대로 살고 싶다. 선택도 내 몫이고 그 책임도 고스란히 내 몫이다. 이 글이 누군가에게 '나 때는 말이야~' 하는 식으로는 읽히지 않았으면 좋겠다. 그냥 작은 희망이 되었으면 좋겠다. 저런 사람도 있구나, 이게 내가 원하는 반응이다.

나는 과거를 자주 생각하는 편인데 늘 어른들이 했던 말, 교복 입고 다닐 때가 제일 좋을 때다, 나중에 어른 되면 그때가 그리울 거다, 그런 말 다 개소리라고 생각한다. 누가 나에게 백억 줄 테니 그때부터 다시 살라고 하면 바로 자살할 거다. 진심이다. 나는 늘 십대보다 이십대가, 이십대보다 삼십대가 더 좋았다. 친구가 얼마 전에 그런 얘기를 했다. 야, 사십대는 더 좋대, 우리 그때까지는 꼭 살자.

그때까지는 살아야지.

중경맨션

너와 나는 몇 번이나 그곳에 갔다. 너와 나는 누군가 우릴 발견하고 은밀히 다가와 말 걸어주기를 기다렸다. 우리는 거듭 실패했다. 우리는 미로처럼 좁은 복도를 느린 걸음으로 기웃거리며 돌아다녔다. 아랍인들이 자꾸 우리에게 식당으로 오라고 호객행위를 했다. 우리는 방금 밥을 먹었다고 너무 배가 부르다고 말했다. 그러고는 다시 아주 천천히 복도를 누비고 다녔다. 누군가 우리를 발견해주기를 기다렸다.

—아무래도 커플이라서 그런 거 같아, 너는 밖에서 기다려. 내가 혼자 다녀볼게.

나는 화려한 홍콩의 밤거리에 혼자 서 있었다. 건너편 대형쇼핑

몰에서 사람들이 쏟아져나왔다. 시간을 죽이려고 웹툰을 봤다. 한 시간 정도 지났을까, 너는 황급히 내 손을 잡더니 어서 가자, 하고 말했다. 우리는 말없이 빠른 속도로 걸었다. 지하철을 타고 숙소로 돌아왔다. 너는 아무도 없는 방에 도착해서야 주머니에 든 것을 꺼냈다. 우리는 서둘러 창문을 닫고 불을 껐다. 우린 아마도 맥주를 마셨던 것 같다. 대체 이제 무슨 일이 일어날까?

—……

나는 침대에 누워 짐 오로크의 〈유레카〉를 들었다. 나는 작은 숨소리, 막 입술을 떼려는 순간의 움직임, 들숨과 날숨을 모두 다 보고 듣고 느꼈다. 음악을 그토록 세밀하게, 입체적으로 들은 것은 태어나서 처음이었다. 그는 내 옆에 누워 노래하고 있었다.

—안녕, 안녕, 내 말 들려요……?

너는 책상에 등 돌리고 앉아 젠하이저 헤드폰을 쓰고 있었다. 나는 몇 번이나 반복해서 〈유레카〉를 듣다가 듣다가, 울면서 샤워하고 침대에 누웠다. 너는 여전히 같은 자세로 음악을 듣고 있었다. 너는 내가 아무리 쳐다봐도 뒤돌아보지 않았다. 그때 당신이 듣던 음악은 무엇이었을까?

　너는 재빨리 읊조리듯 무언가 속삭였다. 그건 네 뒷모습이 노래 속으로 빨려들어가는 소리였다. 다시 돌아오지 못할 건너편으로 너는 조금씩 전송되고 있었다. 아니다. 그건 내 영혼이 조금씩 조금씩 실금이 가다가 모래처럼 스스스 부서져내리는 소리였다. 너는 읊조렸다. 잊지 말아야 할 것을 한번 말해보는 것처럼.

　―윤.

　나는 네 이름.

　나는 창백하게 바닥으로 떨어지는 이름을 보았다. 질소에 넣었다 뺀 주먹 같았다. 나는 아무것도 보지 못했다. 내가 본 것은 앙상하고 마른, 죽은 나무 비슷한 무엇이었다. 축축한 머리카락에서 물방울이 뚝 떨어졌다. 그건 영화처럼 영원히 내 기억 속에 남을 장면이다. 나는 그 기억이 가짜라고 생각한다. 나는 상상을 끝없이 복기해 기억으로 치환하는 법을 안다. 창밖의 빛. 서늘한 에어컨 바람. 맥주에서 나던 흙냄새. 하얀 이불의 사각이던 감촉. 이상하고 불길한 홍콩의 밤.

　―……

너는 내 옆에서 코를 골며 자고 있다. 나는 핸드폰으로 이것저것 검색하고 트위터를 하다가 중경삼림을 다시 봤다. 거기엔 중경맨션이 나온다. 우리가 함께 헤매던 곳이다. 너무나 똑같은 모습에 놀랍고 반갑다. 나는 자고 있는 너를 본다. 너는 미간을 찌푸리고 있다. 나쁜 꿈을 꾸는 걸까?

나는 생각을 하기로 한다. 싸늘한 밤공기에서 희미하게 나는 보랏빛 냄새와 누군가 중얼거리는 목소리 같은 것. 그리고 물 흐르는 소리, 물이 가득 담긴 욕조에 누워 바라본 하얀 천장. 나는 거짓을 말해야겠다고 생각했다. 나는 뒷모습을 기억한다. 이 기억은 가짜다. 아니야, 나는 정말로 거기 있었다. 나는 복도를 누비고 다니며 아랍인들을 봤다. 나는 이상하고 불길한, 오래된 세운상가 같았던 그곳에 있다. 습하고 어둡다. 당신은 내 옆에 없다. 문득 밖을 보려고 했지만 창문이 없다. 나는 어디에 있어요?

나는 깨어난 네 눈을 보고 말할 것이다. 나 어제 중경삼림 봤어, 기억나? 너는 응, 기억나, 우리 엄청 재밌었지, 하고 말할 것이다. 너는 너의 눈으로 기억을 볼 테니까. 그럼 나는 물어봐야지.

─있잖아, 그때 무슨 노래 들었어?

생각병
생일병

　이게 다 무슨 소용일까, 생각하는 일이 많다. 다 소용이다, 지금은 무용하게 느껴지더라도 결국 이 시간들이 쌓여 내가 만들어질 거라는 생각 속에서 무언가를 수행하는 와중에도 이게 다 무슨 소용일까. 계속 생각이라는 것을 하는데 생각은 생각을 만들고 생각은 꺼지지 않아서 생각은 점점 무성해지고 무성해지다가 나를 집어삼키고 나는 사라지고 생각만 덩그러니, 흰 방에 남아 빈 의자와 모니터 화면의 푸른빛만 존재하게 되는 생각 속의 생각을 생각에게 의탁하며 생각이 가는 방향도 모르는 채 생각을 생각하게 되는 것이다. 이것은 무서운 일이며 생각은 질병의 일종이라고 생각하며 생각은 그것에 대해 토를 달지 않지만 질병을 가속화시키며 나를 조롱한다. 나는 조난당한 사람처럼 버둥거리다가 마침내 얌전해져 생각에 몸을 맡기고 이리저리 흔들리게 된다. '생각병'이 있다면 그것은 이러한 설명을 가질 수 있을 것이다. 이 병의 중단은 죽음뿐이고 그렇기 때문에 인간에게 가장 중요한 질문은 마지막까지, '죽을까 말까'가 되는 것. 나는 너무 오래 작동중인 기계 같고 사랑을 라디오처럼 끄고 켤 수 없는 것처럼 나를 끄고 켤 수 없다. 그것이 진저리나게 속상하고 가끔은 이러다가 미쳐버리는 게 아닐까 싶지만 또 미쳐지지도 않아서 은근하게 앓으며 생각이란 것을 계속할 수밖에 없는 처지에 놓인다. 생각은 인간에게 좋은 것일까. 생각 때문에 숨이 잘 쉬어지지 않는 밤이면 몸은 차가워지고 딱딱해진다. 잠이 들고 싶은데 잠이 오지 않으며 간신히 잠이 들더라도 꿈을 꿀 것이며 꿈속에서도 그것이 꿈인 줄을 알고 꿈에 대한 생각을 하게 된다. 자고 일어나도 몸은 개운하지 않고 피로는 계속되는데 생각을 잠시 멈추는 가장 쉽고 유용한 방법은 술을 마시는 것이다. 나는 술을 마시지 않은 지 꽤 되었고 나에게는 금주가 결과적으로 옳으며 유익할 것이라고, 정신과 육체의 건강이라는 것에 보탬이 되리라고 생각하지만

생각이 생각을 불러오고 생각이 생각을 끝없이 불러오기 때문에

생각이 끝나는 지점은 언제일까

파도 그리고 파도

눈먼 짐승들이 날뛰는 밤

돌고 도는 바퀴

눈먼 짐승들이 울부짖는 밤

　어릴 때 그런 생각을 종종 했다. 똥을 먹는 생각을. 그 생각은 갑자기 찾아오고, 그러면 그 생각을 멈출 수가 없어서 괴로웠고 생각에서 벗어나려고 발버둥치면 칠수록 생각은 더 생생해져서 괴로움만 커졌다. 나는 이 일을 태어나서 누구에게도 말해본 적이 없다. 그때마다 생각의 볼륨을 낮추는 가장 유용한 방법이 딱 한 가지 있었는데 레모나를 먹는 생각을 의식적으로 하는 것이었다. 그러면 입속에 침이 고이고 나는 상상 속에서 계속 레모나 하나 레모나 둘 레모나 셋 레모나 넷…… 그렇게 레모나를 상상했다. 레모나를 끝없이 생각하다보면 갑자기 다른 생각으로 넘어가는 순간이 있었고 그렇게 나는 똥 먹는 생각에서 넘어갈 수 있었던 것이다.
　아이들은 똥을 좋아한다. 똥이라는 말만 들어도 자지러지게 웃고 하루종일 똥! 똥! 하고 외친다. 아이들의 신비 중 하나다. 어째서 똥에 대해 그토록 집착할까. 어린 나도 그랬던 걸까? 모든 말에 응가를 붙여 말하는 아이. 로봇응가, 얼룩말응가, 엄마응가, 장미응가, 목욕응가……

그런 말을 듣고 있으면 그건 끝나지 않는 노래 같다.

물을 컵에 담아두고 하루 지나 마시면 물에서는 종이맛이 난다.

나는 어째서인지 그 맛을 좋아하고 나는 충분한 시간만이 무언가를 만들어낸다고 믿지만 물을 담아두고 일 년이 지난다고 해서 그게 종이가 되는 것은 아니니까. 그냥 증발해서 사라질 뿐이니까. 생각도 증발하면 좋을 텐데 왜 계속 생겨나는 거야. 그렇다면 누군가 내 머릿속에 계속해서 생각을 쏟아붓고 있다는 생각. 외계인일까? 그만둬. 나는 누군가가 꾸고 있는 악몽 속 주변인이 아닐까? 일어나. 나는 이미 죽었고 여긴 지옥이고 삶의 가장 나빴던 부분을 영원히 겪으며 살게 된 건 아닐까? 그럼 자살도 아무 소용이 없겠다.

어제는 아이가 "엄마, 그림자가 어떻게 만들어지는지 알아? 어둠과 빛이 합쳐져서야"라고 말했고 나는 감탄하면서도 얘가 시인이 되면 어떻게 하지 걱정했다. 네가 시인이 되어도 행복한 세상이 올 수 있게 엄마가 노력할게. 그래도 시는 좀. 조금만 더 크면 네가 엄마 대신 마감을 해도 되겠구나. 어서 한글을 떼다오.

어제는 친구가 카톡으로 "너는 산문에 매회 전남편이 나오더라.

그렇게 싫어?"라고 물었고 또 생각병이 도져서 곰곰 생각을 해보 았는데 그렇게 싫어서라기보다는 이혼 후의 삶이 지금 내 가장 큰 화두이기도 하고 이혼 여성이 이혼에 대해 많이 이야기하는 걸 보 거나 읽은 적이 없어서 나라도 많이 이야기하고 또 해서 이런 삶도 가능하며 잘살고 있다(?)고, 그게 자연스러운 하나의 가정家庭으로 받아들여지기를, 여러 가지 담론이 만들어지기를 바라는 마음이 가장 크다는 생각에 이르렀다.

며칠 전에 산부인과에 갔는데 사전 작성지에는 미혼/기혼이 있 고 기혼 밑에 출산 여부를 체크할 수 있게 되어 있었다. 나는 지금 미혼인가 기혼인가? 미혼모는 어디에 체크해야 하나? 애초에 선 택지에 체크할 수도 없는 여러 상황에 놓인 여성들이 분명 있을 것 인데.

세상에는 참 여러 모양의 마음과 삶이 있는데 우리는 너무 '정 상성'만 보고 듣고 배우니까 그게 싫다. 정상이고 비정상이고를 누가 정하는데? 처음부터 그런 게 있었던 것도 아니면서.

나무들을 파헤치고 자르고 죽어가는 가지들을 쌓는 것을 발코 니에 서서 내려다보며 생각했다.

파도와 파도

불을 머리에 얹고 다니는 여자

다시 파도

옛말에 틀린 거 하나 없다지만 옛말 중에 틀린 거 많고 옛날에
도 개소리가 얼마나 많았겠어. 근데 그 세월 견디면서 살아남아 입
에서 입으로 전해진 말들이 지금 우리가 아는 옛말이니까 꽤 그럴
싸하게 들리는 거겠지. 내가 싫어하는 속담 중에 '참을 인이 세 번
이면 살인도 면한다'는 말이 있는데, 대체로 이건 남성의 경우에
해당될뿐더러 세 번 참아서 면할 살인이면 애초에 문제가 있는 거
아닌가. 예전에 보았던 어떤 일본 만화에서 주인공은 견딜 수 없이
힘들 때마다 손바닥에 참을 인忍(칼날 아래 마음을 두는 것, 그것
이 참는 것이다)을 그려서 먹는 시늉을 했는데 왜 그렇게까지 참
으면서 살아야 되는지, 그런 게 나는 이해가 되지 않고. 그런데 나
도 참으며 살긴 하지만서도 참는 거 너무 싫어. 가장 비참한 지점
은 살면서 대부분의 참아야 하는 일이 돈으로 해결 가능하다는 점
이다. 돈만 많으면 참을 일이 거의 없을 거 같고 그럼 나는 나쁜 사
람이 될까? 갑질하는 사람이 될까? 그러진 않을 거 같은데. 그래
도 정신을 똑바로 차리고 살아야겠다. 좋은 어른 같은 건 못 되겠
지만 개꼰대는 되면 안 되니까.

개학이 또 연기되었고 나는 학교에 온라인수업을 하러 간다. 가기 전 아침에 이 글을 쓰고 있다. 신천지 이후 코로나19의 재점화를 두고 사람들은 춤천지*라고 부른다고 한다. 사람들은 어떻게 그렇게 말을 잘하지? 어떻게 그토록 적확하게 꿰뚫어 명사를 지어내지? 참으로 감탄스럽지 않을 수 없는 것이다.

이제 사십 분 후면 내 생일이고 나는 생일이 대체적으로 싫지만 보통 사람들은 생일을 뭐하며 보낼까? 생일에 만나고 싶은 사람이 있는데 오래 연락이 없고, 나 또한 연락할 마음을 먹기가 어려워. 누가 집에 갑자기 찾아오는 건 너무 싫지만 네가 오늘만은 제일 먼저 축하해주고 싶었다고 말하며 와인 한 병 들고 무작정 찾아와줬으면 좋겠어. 그럼 나는 또 투덜거리면서 찬장을 열어 잔을 꺼내겠지. 그리고 집의 불을 다 끄고 조용히 숨죽이고 앉아 키득거리며 실없는 이야기들을 늘어놓고 같이 화도 내고 그러면 좋겠어. 그리고 나는 졸리다고 이제 좀 가라고 퉁을 주고 그럼 너는 잘 자라며 자리를 비켜줄 거야. 그게 내가 원하는 내 생일이야.

파도가 친다

---

* 종교집단 신천지로 인해 코로나19가 급속도로 확산된 후 이태원 클럽발 재확산에 붙게 된 신조어를 일컫는다.

섬을 멀리서 보면 바다는 봉우리 같고

파도는 파도의 형상으로 파도

생일은 지나갔고 나는 자리에 앉아 나의 개같은 생일날에 대해
써보려고 한다.

일단 일어나니 아이가 생일상을 차려주었다. 큼직큼직하게 썬
오이와 호박을 계란과 함께 아무 간도 없이 볶은 요리였는데 호박
은 아삭아삭하고 오이도 아삭아삭했다. 아이는 그걸 계란칩이라
명명했고, 나는 요리의 맛보다 아이의 정성에 감격하며 정말 맛있
다고 하면서 열심히 먹었다. 감격스러웠다. 아이가 커서 벌써 이
렇게 생일선물을 해준다. 문제는 너무 맛있다고 말했더니 매일매
일 해주겠다고 고집을 부린다는 것이다. 다행히 집에 계란이 떨어
졌다.

저녁에는 생일이니 집에 오라고, 재난지원금으로 맛있는 걸 사
주겠다고 부모가 나를 불렀고 우리는 다 같이 초밥집에 갔다. 아이
는 출발하기 전부터 가기 싫다고 집에 있자고 떼를 썼는데 오늘은
엄마 생일이니까 가자고, 한 번만 엄마 말 들어달라고 어르고 달래
서 나온 길이었다. 아이는 단호하게 초밥을 먹지 않을 것이라 선언

하였고 나는 기분이다 싶어 편의점에 데려가 간식을 사주었는데, 식당에서 자꾸만 음식을 흘리면서 먹고 의자에 서 있는 등 산만함의 끝을 보여주었다. 그렇게 우여곡절 끝에 식사를 마치고 나오자 아빠는 카페에 가서 커피를 마시자고 했다. 나는 생일이라고 기프티콘 선물을 많이 받았기에 우리는 근처 스타벅스로 갔다. 각자 음료를 시키고 아이에게는 케이크를 시켜주었는데 나의 생물학적 아버지인 인간이 자꾸 아이에게 한 입만 달라고 했고 아이는 역시 이번에도 아주 단호하게 거절을 해서(굳세다 내 아가) 그렇게 둘은 한참 실랑이를 벌였다. 아, 여기서부터 뭔가 잘못되었던 것이라는 생각은 집에 돌아와서 한 것이고 그때 나는 아무 생각 없이 그 모습을 바라보고 있었다. 그 남성은 아이의 긴 머리를 지적하며 "성정체성이 잘못될 것이다, 남자가 보기 흉하다, 아무 철학적 근거도 없이 머리를 기르고 진짜 꼴 보기 싫다"는 등의 말을 아이에게 퍼붓기 시작했다. 나는 반박하며 네가 아이에게 네 의견을 얘기할 수는 있지만 아이의 신체 결정권은 아이 스스로에게 있으며 세상에 잘못된 성정체성은 없다고 이야기했다. 아이는 화가 잔뜩 난 얼굴로 울먹거리면서 "할아버지 미워!" 외치며 그의 다리를 주먹으로 때렸고 그는 아이의 손목을 세게 움켜쥐어 비튼 뒤 팔을 꺾어버렸다. 아이는 카페가 떠나가라 대성통곡을 하며 아프다고 울기 시작했고 엄마와 나는 정색, 경악, 분노가 뒤섞인 난감함 속에서 여섯 살짜리 애한테 뭐하는 짓이냐고, 아무리 마음에 안 든다고 해도 폭력을 사용하는 건 용납할 수 없다고 했지만 그는 "이렇게 나대는 애들은 행동으로 보여줘야 된다. 너는 내가 보아하니 애를 잘 못 키우고 있다. 다른 데서 나대다 얻어맞기 전에 내가 물리적 계도를 해주는 것뿐이다. 나는 옳다"고 큰 소리로 역정을 내며 말했다. 나는 머리 꼭대기까지 화가 나서 주 양육자는 나다, 네가 신경 쓸 일이 아니며 너는 그럴 권리도 없다, 어떤 말을 해도 절대 폭력은 합리화되지 않는다고 했지만 그 인간은 "애가 먼저 자기를 때렸다"고 소리쳤다. '네가, 어, 네가 여섯 살이야???' 그런 생각이 들 때쯤 그는 소리를 지르며 시끄러워, 하고 카페를 박차고 나가버렸다.

집에 오는 내내 아이는 신체적 정신적 고통을 호소했는데 "온몸을 바늘로 찌르는 것처럼 아파", "엄마, 할아버지가 죽으면 얼마나 좋을까, 엄마도 그렇지?" 하고 말하는 것을 보며 나는 가슴에 비수가 꽂히는 것이 이런 기분이구나 생각했다. 절대로 내 아이는 폭력 속에서 자라는 것이 어떤 것인지 모르도록 키우겠다는 내 다짐은 이렇게 쉽게 무너질 수 있으며, 그것으로부터 아이를 보호할 수 없었다는 무력감이 밀려왔다. 지면과 SNS에서 페미니스트라고 목소리를 높이면 뭐해. 현실에서는 자기 애도 하나 못 지키는 등신인데. 내가 키보드워리어랑 뭐가 달라. 그런 자괴감도 함께 나를 찾아왔다.

"엄마가 지금은 해줄 수 있는 게 없어, 집에 가서 약 먹고 우리

따듯한 물 받아서 욕조에 입욕제 풀고 같이 놀고 푹 자자. 그러면 나아질 거야." 달래며 액셀을 밟아 집으로 왔고 차에서 내리자마자 아이는 마스크를 쓴 채 그날 먹은 것을 토했다. 주차장에, 엘리베이터 앞에, 그리고 엘리베이터 안에. 나는 황급히 집으로 아이를 데리고 가 욕실에서 옷을 모두 벗기고 따듯한 물을 받아 아이를 앉혀놓은 뒤 잠시만 기다리라고 하고는 물티슈 한 팩과 쓰레기봉투를 들고 엘리베이터에 탔다. 엘리베이터를 기어다니다시피 하며 닦고 주차장으로 내려갔다. 한참 지하주차장을 닦고 엘리베이터 앞을 닦고 있으니 눈물이 났다. 씨발, 나 오늘 생일인데.

엄마에게 전화를 걸어 얘기하니 자기한테 뭐 어떻게 하라는 거냐고, 지금 내가 너 대신 거기 가서 닦아줄 수도 없는 거 아니냐는 대답이 돌아왔다. "그러게. 엄마가 진작에 이혼했으면 내가 지금 여기서 토 닦고 있을 일도 없을 거 아니야." 나는 울면서 화를 냈다. 이젠 그 남자에게보다 엄마에게 더 화가 났다. 매번 언니와 내가 맞을 때마다 가만히 있던 엄마가. 우리를 보호해주지 않던 엄마가. 너무 미워서 눈물이 났다. 정상과 비정상은 누가 정하는 건데?

그러고 나는 집으로 돌아와 러쉬 우주 입욕제를 풀어 아이와 한참을 놀고, 보고 싶은 거 실컷 보자고 만화를 세 개 연달아 보고 책을 읽다 같이 잠들었다.

후에 언니에게 전화를 걸어(그 인간을 가장 잘 알아서 나를 가장 잘 이해해줄 것 같은 존재) 사건을 설명했더니 언니는 내게 말했다. "그러게 멍청하게 거길 왜 가? 엄마가 아빠 바뀌었다고, 많이 달라졌다고 하는 거 믿었니? 너 왜 그렇게 사람이 순진하니? 머리를 써야지." 이해해줄 것 같았지만 아니었다.

파도

개같은 파도

오늘은 수업을 하고 집에 돌아와보니 아이가 할아버지를 그렸다며 그림을 보여줬다. 어떤 할아버지? 물으니 "엄마의 아빠"란다. 왜 그렸냐고 물으니 유치원에서 미술 선생님이 그리라고 했단다. "마음 아프고 힘들지 않았어?" 하니 "너무 힘들어서 미술 선생님한테 말하려고 했는데 말을 못했어." 아마 가정의 달이라고 할아버지를 그리는 시간을 가진 것 같은데, 이런 수업들이 아이들에게는 폭력이 될 수 있다는 걸 유치원에서는 전혀 고려하지 않는 걸까? 작년 오월에도 가정의 달 행사에 가서 쇼윈도 부부 행세하느라 눈물이 났는데, 올해도 또 가족사진 내라고 하고 부모 불러서 엄마 아빠 사랑해요, 함께해서 행복해요, 그런 노래에 춤추게 할까? 그런 사건은 아이가 자라는 동안 얼마나 많이 일어날 것이며 그때마다 아이는 어떤 내상을 입게 될까. 그런 생각을 하니 가슴이 미어진다. 가슴에 난 큰 구멍으로 심장이 줄줄 새는 것 같다. 파도처럼.

아이가 그린 할아버지

오늘도 나는 생각병에 빠져 생각이란 것을 한다. 『코스모스』에서 칼 세이건은 인간과 나무는 겉은 달라도 분자구조로 보면 동일하며 모든 생명의 기원은 하나라고 했는데. 나는 왜 나무의 마음을 가질 수가 없는 걸까. 나무는 지금 무슨 생각을 하며 어둠 속에 서 있을까.

바다의 자식들

파도를 헤쳐나온 존재들

숫자를 세며 눈물 흘리는

생각을 하다보면 나는 생각을 한다. 이 지긋지긋한 삶의 끝에 인류는 결국 망해버릴 거라고 생각을 한다. 땅은 모두 바다에 잠기고 결국 우리는 모두 단세포로 돌아가리라. 태양은 마침내 꺼지고 그다음은 삼백억 광년 후가 될 것이리라. 그리고 우리는 또 같은 일을 반복할 거다. 이미 천억 광년 전에 이 같은 일은 이미 일어났던 일일 것이다. 파도가 치듯. 이 개같은 파도가.

3부

삶

기계 인간이 되고 싶고 되기 싫어

편도가 부어 가라앉지 않는다. 일주일에 대략 스물두세 시간 정도 수업을 한다. 시는 서른 편에서 서른다섯 편 정도 합평하는 것 같다. 나는 가끔 내가 합평 기계 같다. 내 시를 전혀 쓰지 못한 지 몇 달이 넘었다. 고3 수업은 끝없는 문예창작과 대입 실기 시험 준비의 연속이고 합평이 주를 이룬다. 이렇게 버티면서 자기 작업을 해내는 사람들은 어떻게 해서 그걸 가능하게 만드는 걸까요. 끝없는 두통에 시달린다. 잠이 들면 꿈속에서 나는 학생이다. 선생의 말을 듣지 않아 서른의 나이에 끝없이 낙제하는 중학생이다. 현재의 기억을 고스란히 가진 채 나는 내가 이미 대학 교육을 받았다고 주장하는 불량 학생이다. 잘못 조립된 부품처럼 작은 책상 밑에 다리를 욱여넣는 커다란 학생이다. 영혼이 불구여서 입도 뻥끗 못하는 찢어진 백지이며 숫자의 나열이다.

너무 피곤할 때는 오히려 잠이 오지 않는다. 나는 누워서 해야 할 일들을 꼽아보고 핸드폰을 만지작거리며 새벽을 견딘다. 읽고 싶지도 쓰고 싶지도 않다. 비워내야 할 것들이 많다고, 다 흘려보내고 나면 계속할 수 있다고 중얼거리며 뒤척이며 나는 몸을 너무나 선명하게 느끼는, 순간의 거대한 살덩어리가 되고. 육체의 무게는 고스란하고 감각은 날이 서서 왼쪽에서 오른쪽으로 돌아눕는 순간에도 거대한 포대를 끌고 언덕을 넘어가듯 숨이 찬다. 어제의 나는, 과거의 나는 대체 어떻게 이 몸을 견뎠던 거지. 어떻게 해서 잠이 들었던 거지. 곰곰이 돌이켜보아도 오리무중이다. 이물감은 계속된다. 스스로를 이물로 여기는 이상한 감각, 낯선 피에 결박된 듯한 갑갑함을 느낀다.

프랜시스 베이컨의 그림이 떠오른다.

탈출하고 싶다.

육신에는 문이 없다.

정말이야. 정말로 그건 거기에 없어. 로봇을 붙들고 말하는데 로봇이 대답한다. 그것을 찾는 것이 제게 입력된 명령입니다. 그것의 존재 유무와 관계없이. 그럼 너의 목적은 없는 것을 찾아 허물어지는 순간까지 헤맴만을 계속하는 것이란 말이니. 누가 네게 그런 명령을 입력한 거니. 너의 의미는 무엇에 있는 거니. 저는 그런 것에 의문을 갖도록 설계되지 않았습니다. 가장 생생한 인간이 로봇과 가장 유사할 수 있구나. 나는 화가 나는 것을 꾹 눌러 참는다. 미련한 일이라는 것을 알기 때문이다. 별안간 너도 탈출할 수 없는 신세라는 걸 받아들일 수 없다.

벽 위에 문을 그려넣는다.

열리지 않는다.

그림은 그림의 역할만을 수행하므로.

*

처음 산문을 쓸 때는 주로 맥주를 홀짝이며 썼다. 맨정신에 산문을 쓸 용기가 나지 않았기 때문이다. 나는 시를 쓸 때는 절대 술을 입에 대지 않는다는 규율을 갖고 있는데, 시는 온전한 이성을 바탕으로 창작되어야 한다고 믿기 때문이다. 취기에 휘말려 요행을 바라고 쓴 문장들은 감정적이고 설익을 공산이 크다. 나의 경우는 그렇다. 나는 시쓰기를 운이나 영감에 맡기지 않는다. 밀어붙이고 언어를 매만지고 사유를 확장시키고 좁게 뚫고 가는 힘은 취한 몸에서 나오지 않기에. 그러나 나는 내가 꽤나 유머로 가득찬 사람이라고 생각하고, 그 유머를 발휘하려면 약간의 취기 혹은 들뜬 호기가 필요하다고 생각했기 때문에 맥주를 홀짝거리게 되었다. 괜찮아, 한두 캔 정도는 오늘 내가 쓴 글의 원고료보다 적으니까! 라고 생각하며(한동안 돈을 아끼려고 맥주를 끊었었다). 마시며 쓰는 즐거움을 막 배워나가던 참에 개학을 하게 되었고 이 생산량과 수업을 병행하려면 맥주는 독이 되는 실정에 놓여버렸다. 그런데 그후로 내 글이 점점 진지해지고 있다는 생각이 들어 걱정이다. 평생『주간 문학동네』에 연재할 수만 있다면 다른 일들을 때려치워도 될 텐데. 종신계약 좀 어떻게 안 될까요?

산문을 연재하게 된 뒤로 SNS에 내 이름을 검색해보는 일이 잦아졌는데 사람들의 반응이 궁금하기 때문이었고 좋다, 재밌다 하고 적어주시는 분들이 있어 감사합니다. 곧 지리멸렬의 서막이 열릴 것이다. 그러면 아무도 아무 이야기를 하지 않을 것이고 그게 약간 신경쓰일 것 같다. 연재라는 형식을 처음 경험해보는 내게는 이런 일들이 다 신기하고 재미있다. 물론 별로라고 한 사람은 없는데 별로라고 생각한 사람은 굳이 리뷰를 쓰지 않을 것이기 때문에 그런 반응을 내가 잡아내지 못한 것뿐이라는 사실은 나도 잘 압니다. 자만하지 않겠습니다. 언제까지나 이 구역의 미친년으로 남고 싶어. 그게 내 바람일 뿐이야. 흥.

　최고 좋았던 건 내 글 읽고 뭔가 쓰고 싶어져서 일기를 쓰기 시작했다, 혹은 글을 쓰게 되었다는 리뷰들이었다. 그것은 최고의 칭찬입니다. 늘 쓰고 싶게 만들어버릴 것이다. 다짐, 다짐. 아 그리고 시보다 산문이 낫다고 평하신 분도 있어서 약간 웃기고 슬펐어. 모두모두 고맙습니다.

　내 이름을 검색해보는 김에 『가능세계』하고 『아무도 기억하지 못하는 장면들로 만들어진 필름』(나도 가끔 제목 헷갈림. 방금 인터넷으로 찾아봄)도 찾아보았는데 '가능세계'를 검색하면 제일 많이 나오는 게 'ㅇㅇ이 얼굴로 세계 정복 가능' 혹은 '세계 정복 쌉가능' 같은 말들이 나온다. 가능은 알겠는데 '쌉'은 뭔지 모르겠다. '완전, 진짜'의 의미인 것 같은데 맞겠죠? 이제 나 더이상 영한 젊은이 아니야. 젊은이는 젊은이라는 말도 안 써. 은행에서는 삼십오 세까지 청년이라고 하고 어느 기관에서는 등단 십 년 차까지 젊다고 하고 또다른 기관에선 사십 세 이하는 청년이라고 하는데 회사에서도 십 년이면 과장 아닌가요? 나는 청년과 비청년 사이에 애매하게 끼어 있는 나이라는 것은 알겠고요. 수업하면서 유승준, 임은경, 장국영 얘기하면 다들 무슨 소리야? 하고 쳐다보는 거 다 알아. 초등학교 시절의 정글짐도 국민체조도 이젠 '응답하라' 시리즈 같은 데서 보고 배우는 거겠지요(안 봐서 잘 모름)?

이런 격차는 평소에 잘 못 느끼다가 학생들과 대화를 하다보면 갑자기 느끼게 되어서 약간 더 충격이다. 나는 아직 어른이 되지 못한 거 같은데, 속은 완전 애긴데, 입력된 정보의 시차를 급작스럽게 깨닫곤 하니까. 정신연령은 완전 열아홉인데(혹은 그 이하), 어른으로서 임무를 수행하고 어른인 척 행세를 해야 하니까 인지 부조화가 오곤 하네. 아무리 늙어도 글만은 나이들지 않게 갈고닦아 쓰고 싶어. 유행어 쓰면서 젊은 척해서 더 어색하고 옹색해 보이는 그런 거 말고 감각을 단련해서 늘 새로운 언어의 몸으로 갈아탈 수 있는 정신으로 무장하고 싶어. 이런 욕망이 언어가 아닌 다른 지점으로 뻗게 되면 그건 위험할 수도 있겠다는 생각도 들어. 그래서 어른이면서도 어른 아닌 이상한 차원에 머물 거야. 나는 내 사유의 흐름을 장악하면서도 미처 깨닫지 못한 채 놀라고 싶어라. 계속계속. 몸과 정신을 분리할 수는 없다고 생각하기 때문에 내 눈이 향하는 곳의 풍경을 늘 닦아두어야겠다고. 그리고 운동도 좀 하긴 해야겠다고 생각을 했습니다.

그건 나를 백업하여 따로 보관해둘 가상의 공간을 만들고 나를 그 클라우드에 항시 연결해두어 모든 것이 실시간으로 업로드되도록 시적인 네트워크를 구축하는 일이기도 하다고 생각하는데요. 그건 어쩌면 어릴 때 본 애니메이션 〈공각기동대〉의 전뇌화 과정 같은 거라고 생각할 수도 있겠지요. 시의 전뇌화. 시집 속 시들은 작은 모듈 같고.

*

몇 주 동안 살인적인 스케줄을 감행하였더니 드디어 병에 걸렸다! 목요일(5/28)에는 쉬는 시간마다 화장실에 가서 설사를 했습니다. 도중에 교실을 박차고 나가 설사를 하고 오기도 했지요. 나중엔 토를 하고 토를 하기도 했어요. 아, 이게 토사곽란이구나. 이대로 쓰러질 것 같다. 토하다가 그런 생각을 했는데 학교에서 그러면 안 되지, 하며 가늘어진 이성을 부여잡고 식은땀을 흘리며 간신히 자리보전을 했어요.

그리고 금요일부터 병원을 순례하게 됩니다. 이비인후과, 정신과, 산부인과, 내과를 다녀왔고요. 인후염, 불면과 우울, 방광염, 장염 판정을 받았습니다. 아, 눈에 다래끼도 났었지요. 걸어다니는 염증이 되어 일상을 영위하는 것은 정말 괴롭다. 아픈 사람들은 계단 몇 개 앞에서도 무너질 수 있고 쉽게 화장실을 찾을 수 없을까봐 외출마저 꺼리게 된다는 것을 다시 한번 절감했다. 꼭 그렇게 자기가 겪어봐야만 세상을 다른 입장으로 볼 수 있게 되는 게 나야.

때가 때이니만큼 혹시 코로나? 하는 공포 때문에 가슴이 철렁 내려앉기도 하였다.

엄마가 와서 아이를 뵈주었고 나도 간호해주었다. 서른넷이 되어도 나는 엄마에게 의지하는 인간이구나 생각하며 꼼짝도 안 하고 침대에 누워 있었다. 엄마는 빨리 나아서 글써야지, 하고 자꾸 말했는데 너무 고마우면서도 짜증이 났다. 아, 내 글 걱정은 엄마보다 내가 더 하거든요? 제발 그만 좀. 지금 아파 죽겠다구. 엉엉.

어제 그제 코로나19 확진자가 칠십 명, 사십 명씩 나오고 그래도 학교는 가동되는데, 다들 경각심이 없어진 것일까. 사스 때는 '사스는 나와는 먼 얘기'라고 생각하고 우습게 여겼는데 그게 너무 창피하다는 생각이 들었다. 이제 내 코앞에 와 있고 나도 걸릴 수 있고 내가 걸리면 아이, 엄마, 주현이, 우리 반 학생들, 출판사 아카데미 수강생들 등등 모두가 검사 대상이 된다는 생각을 하니 너무 무서워서 눈물이 났다. 내가 전파자가 될 수도 있다는 게 얼마나 큰 공포인지.

*

로봇과 함께 여행을 하면 즐거울까. 테이블 건너편에서 밥을 먹는 나를 쳐다만 보는 로봇을. 웃지도 울지도 않는 로봇을. 잠들 수도 꿈을 꿀 수도 없는 너를.

나는 섬에 대해 오래 생각하는데 아무리 생각해도 그건 특별한 생각은 아니라서 밤이 오면 나는 침대에 누워 전자책을 보거나 넷플릭스를 보고 있고. 시간은 계속해서 흐르고. 앞으로의 인생을 다 살아내야 한다는 생각을 하면 너무나 막막하고 숨이 막혀. 매일매일 오늘만 생각하며 산다.

잠들지 못하는 로봇을 눕혀놓고 이불을 덮어준다. 새로운 명령어를 입력해줄게.

영원히 잠들게 해줄게.

문밖으로 먼저 가.

돌을 묘사하겠다고 나선 그가
스스로를 옭아매고야 말았다*

한 문장만 써야지. 딱 한 문장만. 그러고 나서 자자. 쓴다는 건 계속해서 지금의 수준보다 더 나아져야 한다는 강박에 갇히게 되는 노동인 것 같다. 모두가 나를 잊기를 바라면서도 모두가 나를 잊을까봐 무서워. 그래도 꾸준히 쓰기만 한다면 어떻게든 해나갈 수 있을 거라고 희망을 가져본다. 근데 나를 못 믿겠어서 무서운 거 있지. 내가 꾸준히 쓸지 가끔 걱정이 되니까. 깍지를 끼고 기도하듯 손을 모아본다. 그러면 손바닥 사이로 따듯한 자장 같은 게 흐르는 느낌이 들고 가끔 어딘가로 연결될 것 같기도 하다. 많은 종교에서 왜 손을 모으는 행위를 취하는지 알 것 같기도 해. 두 손을 모으고.

---

* 프랑시스 퐁주, 「조약돌」(『사물의 편』, 최성웅 옮김, 읻다, 2019)에서 인용.

일주일은 더디 흐르고 한 달은 너무 빨라. 일 년은 더 빠르지. 내가 언제 벌써 이렇게 나이들어버렸나? 높은 탑 위에서 작은 구멍으로 밖을 내다보지. 멀리 보려고 할수록 눈이 시려. 마음은 계획과 무관한 방향으로 다리를 뻗으며 눕고 긴 머리채를 흔들지. 비밀 지켜줄래? 전부 신의 뜻이었다고 말해줄래? 비좁은 풍경으로 흩어지는 구름들. 별들. 먼 도시의 반짝이는 모래알 같은 빛들.

어릴 때 나무를 보면 다리를 벌린 채 거꾸로 처박힌 인간들 같다고 생각했어. 그게 가장 가혹한 형벌이라고 생각했어. 줄곧 나무가 두려웠어. 흙속에 얼굴을 묻고 머리카락이 한없이 길어지는 꿈을 꿨어. 그런 밤이 네게도 있었다면 우리는 조금 친밀해질 수도 있었을 텐데. 나는 이제 다 커서 마음을 아끼는 사람이 되었다. 너는 무엇이 되었을까. 가끔 궁금해. 내가 잊은 것들도 대신 기억하고 있을지. 나와의 모든 기억 내려놓고 아침마다 출근하고 회사 근처에서 점심을 먹고 저녁이면 퇴근하고 주말이면 영화도 보고 친구도 만나면서 무탈하게 지내고 있을지.

한 문장 한 문장이 이어져서 한 문단이 되고 한 장이 되고 두 장이 되고 세 장이 되고 그런 거잖아. 한 문장이 없으면 한 권의 책도 시작되지 않는 거잖아. 그런 생각을 해. 전부 지워버리게 될지 몰라도, 일단 써보자고. 호수 옆에는 작은 집이 있고 아무도 살지 않아서 동네 아이들이 밤이면 거기 몰래 숨어 불장난도 하고 첫 키스도 하고 그랬다고. 그러던 어느 날 한 소년이 호수에 빠져 익사하고 그때부터 모든 게 망가지기 시작했다고. 아이들은 그 기억을 놓지 못해서 일생을 죽음을 반추하며 살았다고. 작은 집에서 모여 살면서. 아무도 만나지 않고 겨울잠에 빠진 동물처럼 웅크려서 하나의 이름만 계속 읊조렸다고. 두 손을 잡고. 그러던 어느 봄에 호숫가의 진흙 속에서 한 짝의 신발을 발견하고 그때부터 모든 일이 다시 시작되지. 그런 이야기를 써보았던 적이 있어. 어디서 많이 본 얘기 같지? 나도 그렇게 생각해. 살아본 적도 없는 삶이 가끔 내 것 같아. 실제 삶보다 그런 이야기들이 더 진짜같이 느껴지고. 때론 사무치게 그리워 가슴이 미어지는 것만 같다.

살아 있다는 실감이 잘 안 나.

가끔 나는 내가 길고 긴 통로 같다. 그 복도로 사람들이 지나다니고 얘기하고 그런 거 가만히 보고 듣는 통로. 보고 들은 거 가지고 멋대로 각색하는 통로. 움직일 수도 없고 사라질 수도 없어서 아주 천천히 실금만 가는 통로. 어서 주저앉아 무너지기를 두 손 없이 기도하는.

오늘 부분일식이 있었다는데 그것도 모르고 뒤늦게 사람들이 올린 사진들을 보면서 아쉬워했다. 오십사 년 후에나 다시 볼 수 있다는데 나는 그 시간에 침대에 누워 〈슬기로운 의사생활〉 마지막 회를 봤다. 아이는 아빠 집에 가고 나 혼자 보낼 수 있는 오랜만의 주말이었는데 나는 그 시간을 전부 드라마에 써버렸다. 가만히 있으면 뭘 해야 할지 모르겠어서 불안하고 초조하다. 그런데 또 아무것도 하기 싫어서 가만히 있는다. 그러다가 핸드폰만 만지작거리며 시간을 이렇게 다 탕진하고 마는 것이다. 드라마에서 사람들은 참 잘도 사랑에 빠진다. 드라마에서 의사들은 환자의 생명에 관심이 많고, 드라마에서 가족들은 서로 돕고 의지한다.

아이를 낳고 몇 년 후에 두번째 아이를 가진 적이 있다. 자궁외임신이었다. 나는 몸에 대해 좀 둔한 면도 있어서, 아이가 생긴 걸 늦게 알았다. 배가 너무 아파 밤새 데굴데굴 구르다가 어딘가 이상해서 아침에 산부인과에 갔을 때(심지어 나는 산부인과하고 항외과 중에 어딜 가야 하나 고민했다. 바보) 의사는 응급으로 종합병원에 가라는 소견서를 써서 건네주었다. 임신은 맞는데 아기집에 아기가 없다고 했다. 어쩐지 그렇게 오렌지가 먹고 싶더라니(평소에 과일 안 좋아함). 나는 병원에서 나오며 엄마에게 전화를 걸었고 엄마는 택시를 타고 달려왔다. 그날이 마침 금요일이어서 아이는 남편이(현재는 전남편인) 시댁에 데리고 갔고 나는 엄마와 둘이 응급실에 있었다. 바보같이 그 외중에 아침을 먹어서 일곱 시간을 기다려야 수술할 수 있다고 했다. 나는 그렇게 응급실 침대에 누워 금식 시간을 보냈다. 엄마는 내내 옆에 있어주었다. 나는 계속 눈물이 났다. 지금은 그냥 세포가 죽은 거라고 생각하곤 하는데 그땐 그 아이가 딸인지 아들인지, 태어났으면 얼마나 예뻤을지 그런 생각만 들었다. 그리고 나를 자책했다. 누구에게나 일어날 수 있는 일인데, 나는 나 때문이라고 계속 스스로를 책망하고 비난했다.

입원하고 수술하고 다시 입원 기간을 거치면서 의사랑 간호사는 참 차트를 안 본다는 생각을 했다. 내가 워낙 쉬운 케이스라 그랬겠지만 자꾸만 나를 두고 '처녀가 사고를 쳐서' 입원했다고 수군거렸다. 같은 병실의 사람들이 그러는 건 이해를 하겠지만 간호사들까지 그러니 너무 어이가 없었다. 차트에 경산모―아이를 낳은 적이 있는 산모―라고 체크가 분명히 되어 있을 텐데 대체 왜 그래요. 입원 마지막날 밤에는 열이 심하게 나서 간호사가 하루 더 입원하면 어떻겠느냐고 했을 때 퇴원하고 싶다고 했더니 왜 그러느냐고 묻기에 내일 퇴원하면 집에 혼자 가야 하고 오늘 퇴원하면 남편이 데리러 올 거라서 그렇다고 하니 "남편이 있었어요????????"라고 간호사는 말했다.

섹스를 하면 임신을 할 수 있고 모든 임신이 수월하게 이루어지는 것은 아니다. 커플은 결혼 여부와 관계없이 서로 성적으로 친밀할 수 있지 않은가? 그렇다면 자궁외임신은 파트너가 있는 여성이 겪을 수도 있는 자연스러운 아픈 결과 중 하나다. 임신을 하면 당연히 그 임신은 유산, 사산, 자궁외임신 등의 결과로 이어질 수 있다. 근데 왜 여성을 탓하고 여성이 문란하다고 도장을 찍는지 모르겠다. 임신은 혼자 하나?

퇴원 전 담당 의사하고 마지막 진찰할 때도 어린 분이 어쩌고 하길래 "제 애가 세 살이에요"라고 하니 놀라며 차트를 보고 나이를 다시 본 다음 "결혼을 했어요????????" 그리고 왜 그렇게 어린 나이에 결혼을 했냐고(스물여덟 살에 함) 요즘은 결혼 늦게 하는데 자기도 서른여섯에 했다는 둥 웅얼거렸다. 내가 약간 동안인 건 맞지만 그렇게 동안도 아니고…… 왜 그런대 대체? 사람 좀 얼굴만 보고 판단하지 말라고요.

전에 아이가 어린이집에 다닐 때 종종 엄마들 다섯 명과 어울려 지낸 적이 있다. 나이도 다르고 직업도 다르고 성장 배경도 다른 다섯이지만 아이가 같은 나이이고 같은 지역에 사니까 할 얘기는 많았다. 대부분은 아이 얘기였고, ○○이 가졌을 때 나는 뭐가 제일 먹고 싶었고 입덧이 심했고 애는 어느 병원에서 낳았고 그런 얘기들을 하다보니 자연스럽게 유산 경험이나 임신 합병증 얘기가 나온 일이 있는데, 그 자리에 있는 다섯 중 한 번에 아이를 가져 수월하게 출산한 사람은 아무도 없었다. 모두가 유산 혹은 나 같은 경험을 가지고 있었다. 잘 이야기하지는 않지만 임신 출산 경험에서 다들 아이를 잃은 경험이 있었다. 내게는 그게 너무 생소하고 신기하게 들렸다.

나만 그런 줄 알았는데 다들 그런 일들이 있었구나. 그럼 그런 이야기를 쉬쉬하거나 가슴에 담아두고 있는 여성들은 또 얼마나 많을까? 우리 엄마 때(팔구십년대)에 '하나만 낳아 잘 키우자', '덮어놓고 낳다보면 거지꼴을 못 면한다' 같은 슬로건을 주입시키고 남자가 정관수술을 하면 아파트 분양권을 우선순위로 주던 그 시절에, 어릴 적 아파트 현관에 그런 전단 같은 것이 붙어 있는 걸 자주 봤던 기억이 난다. 엄마는 그땐 다들 중절수술 했다고, 안 한 사람이 없었다고 그랬다.

시절이 변해 출산 장려 시대가 되었는데 아직도 여성들이 겪는 고통과 홀로 짊어짐은 크게 달라진 것이 없는 것 같다. 여성의 몸에서 일어나는 일들을 우리는 너무 모르고 산다.

그때는 그렇게 중절하라고 국가에서 난리를 치더니 이제는 애 낳으라고 난리를 친다. 여자는 애 낳는 기계가 아니다. 이 나라에서 여성은 마거릿 애트우드의 소설 『시녀들』 속 시녀들 같다. 출산을 하기 위해 국가가 통제하는 자궁의 역할뿐인. 나는 몇백 년 안에 한국이 없어지고 중국에 흡수될 거라고 자주 생각한다. 예전에 알던 한 친구는 결혼해서 가정을 이루고 아이도 많이 낳는 게 꿈인데 남자친구도 없고 몇 년 안에 결혼할 기미가 보이지 않았다. 그 친구는 냉동 난자 시술을 알아보았는데 미혼 여성에게는 그 프로그램이 지원되지 않는다고 했다.

우리가 더 자연스럽게 여러 가정의 형태를 존중하고, 결혼 여부와 관계없이 아이를 낳고 싶으면 잘 낳아서 키울 수 있게 국가가 제도를 마련해야지. 여성에 대한 평등한 사회 기반이 마련되지 않는다면 한국은 없어지는 게 맞지.

아, 그리고 아이의 재난지원금을 아이 아빠가 받았단다. 내가 친권, 양육권을 다 가지고 있는데 왜 아이는 제도 속에서 남성에 귀속되는 건가? 나는 1인 가구로 지정되어 그만큼의 재난지원금만 받았다. 물론 전남편한테 말해서 받긴 했지만 모든 이혼 부부가 그런 소통을 할 수 있는 것도 아닐 텐데.

*

나는 그 아이들이 소리내어 부르던 하나의 이름이 사실 이 세계의 모든 이름과 동일하다고, 호수 아래에는 이승의 영혼들이 차곡차곡 쌓여 있다고 한 명씩 천천히 물속으로 걸어들어간다고 그렇게 이야기를 끝맺었다. 늘 내가 하는 생각은 끝에 대한 생각이고 사라짐에 대한 갈망일 뿐인 것 같아서 스스로가 시시하고 한심하게 느껴졌다. 그러나 존재하는 이상 그 매혹에서 벗어나지 못할 것임을 이미 알고 있었다. 바보.

옛날 사진들을 들추었다가 친한 언니들하고 같이 여행 가서 절에 들러 소원을 비는 내 모습을 보았다. 두툼한 기왓장에 나는 '다정한 사람이 되게 해주세요'라고 적었다. 그 소원만은 어쨌든 이룬 것 같다. 다른 소원을 빌걸. 언제 또 그 멤버로 다 같이 여행을 갈 수 있을까? 이번 생에서 가능할까? 그런 생각을 하니 슬퍼지고 다정 같은 건 다 필요 없다는 생각도 들었다. 언니들아, 나 이제 차도 있고 운전도 잘하는데, 언제 또 여행 가자. 우리 애기들도 데리고서. 혹시라도 이 글 보면 꼭 의사 표현 좀 해줘. 바다도 가고 산책도 하고 절도 가고 초원사진관 앞에서 사진도 찍고 카페도 가자. 응?

과거가 자꾸 전생 같다. 행복했던 순간들도 있었어, 그래. 탑 위에서 작은 구멍으로 바깥을 보는 한 늙은 여자가 중얼거렸다.

플릿 폭시스의 노래 〈Helplessness Blues〉에 이런 가사가 있다.

I was raised up believing I was somehow unique

Like a snowflake distinct among snowflakes, unique in each way you can see

And now after some thinking, I'd say I'd rather be

A functioning cog in some great machinery serving something beyond me

But I don't, I don't know what that will be

I'll get back to you someday soon you will see

What's my name, what's my station? Oh, just tell me what I should do

나는 내가 고유하다 믿으며 자랐어
눈송이들 사이, 단 하나의 눈송이처럼
모든 면에서 독특하다고
근데 조금 생각해보니 차라리 그게 더 나은 거 같아
거대한 기계 장치의 톱니바퀴가 되어 알지 못하는 걸 돕는 거 말야
사실 난 잘 모르겠어 그게 어떤 삶인지
언젠가는 네게 돌아갈게 곧 너도 이해하게 될 거야
내 이름은 뭐고, 내 할일은 무엇일까,
제발 내가 뭘 해야 할지 가르쳐줘

*

퇴원하고 돌아오니 현관에 오렌지 한 박스가 있었던 게 생각난다. 그걸 보고 마음이 무너졌던 것이.

천 개의 손이 필요하다

밤은 계속된다. 아름다운 밤. 희미한 빛으로 부풀어오르는 밤.
터질 것 같은 밤. 눈물도 간절함도 없이 지속되는 밤. 세계의 밤.

꾸지 않은 꿈들의 목록: 無

　인간이 원죄를 갖고 있다는 말은 결국 인간은 죄를 짓도록 설정되어 태어난다는 뜻이야. 거기서 자유로운 인간은 하나도 없어. 밤은 죄짓기 좋은 시간이고 꿈을 꾸어도 이상하지 않은 그릇이지.

　너의 말
　너의 말

　세상에 네 목숨으로 갚을 수 없는 것이 많다.
　너의 생명은 네 주변의 아주 몇몇 극소수의 사람에게만 가치를 지닌다.
　그러니 죽음으로 무엇을 갚는다는 둥 하는 헛소리는 제발 그만두기를 바란다.
　죽음은 그렇게 가치 있는 것이 아니다.

　단지 지구에서 네가 만들어내는 이산화탄소가 줄어든다는 것만 빼면.

　꾸고 싶은 꿈들의 목록: (약 일 년 전 폐기)

밤은 지속된다. 밤은 끝나지 않는다. 밤은 밤을 아낀다. 너는 너의 얼굴을 만진다. 벌레를 만지는 것처럼 만진다. 더러운 것을 처음 본 아이처럼 만진다. 사랑하는 사람의 죽은 발을 만지는 것처럼 만진다. 폭풍을 바라보는 늙은 어부의 시선처럼 만진다. 나는 네가 조심하는 건지 슬퍼하는 건지 기뻐서 그렇게 떠는 건지 도저히 분간할 수 없어 그냥 뒤에 서서 가만히 있는다. 아무 소리도 내지 않으려고 노력하면서 서 있는다. 침묵. 침묵. 이 시간은 미쳐버릴 것처럼 길고 지루하다. 네가 연극의 주인공처럼 보인다. 어째서 그렇게 시간을 들여 밤을 골몰하며 만지고 있는지 나는 이해할 수 없다. 그 세심한 몸짓이 답답해서 발로 차버리고 싶다.

죽어 죽어 죽어 죽어 죽어 죽어

소리지르고 싶다.

뼈가 부서질 때까지 얼굴을 짓밟아 뭉개버리고 싶다.

내가 이렇게 못됐어. 이제 알겠어?

이 밤이 끝나지 않기를 바란다. 이 밤이 지나가기를 바란다. 이 밤이 영원하기를 빈다. 이 밤을 부수고 싶다. 밤뿐인 세상이 도래하길 빈다. 악수하고 뺨 때리고 싶다. 뺨 맞고 울고 싶다. 지금 복도로 나가 뛰어내리면 죽겠지?

좋겠다.

참 좋겠다.

웃는얼굴

웃는얼굴웃는얼굴웃는얼굴웃는얼굴웃는얼굴웃는얼굴웃는얼굴웃
는얼굴웃는얼굴웃는얼굴웃는얼굴웃는얼굴웃는얼굴웃는얼굴웃는
얼굴웃는얼굴웃는얼굴웃는얼굴웃는얼굴웃는얼굴웃는얼굴웃는얼
굴웃는얼굴웃는얼굴웃는얼굴웃는얼굴웃는얼굴웃는얼굴웃는얼
웃는얼굴웃는얼굴웃는얼굴웃는얼굴웃는얼굴웃는얼굴웃는얼굴웃
는얼굴웃는얼굴웃는얼굴웃는얼굴웃는얼굴웃는얼굴웃는얼굴웃는
얼굴웃는얼굴웃는얼굴웃는얼굴웃는얼굴웃는얼굴웃는얼굴웃는얼
굴웃는얼굴웃는얼굴웃는얼굴웃는얼굴웃는얼굴웃는얼굴웃는얼
웃는얼굴웃는얼굴웃는얼굴웃는얼굴웃는얼굴웃는얼굴웃는얼굴웃
는얼굴웃는얼굴웃는얼굴웃는얼굴웃는얼굴웃는얼굴웃는얼굴웃는
얼굴웃는얼굴웃는얼굴웃는얼굴웃는얼굴웃는얼굴웃는얼굴웃는얼
굴웃는얼굴웃는얼굴웃는얼굴웃는얼굴웃는얼굴웃는얼굴웃는얼
웃는얼굴웃는얼굴웃는얼굴웃는얼굴웃는얼굴웃는얼굴웃는얼굴웃
는얼굴웃는얼굴웃는얼굴웃는얼굴웃는얼굴웃는얼굴웃는얼굴웃는
얼굴웃는얼굴웃는얼굴웃는얼굴웃는얼굴웃는얼굴웃는얼굴웃는얼
굴웃는얼굴웃는얼굴웃는얼굴웃는얼굴웃는얼굴웃는얼굴웃는얼
웃는얼굴웃는얼굴웃는얼굴웃는얼굴웃는얼굴웃는얼굴웃는얼굴웃

170

는얼굴웃는얼굴웃는얼굴웃는얼굴웃는얼굴웃는얼굴웃는얼굴웃는얼굴웃는
얼굴웃는얼굴웃는얼굴웃는얼굴웃는얼굴웃는얼굴웃는얼굴웃는얼굴웃는얼
굴웃는얼굴웃는얼굴웃는얼굴웃는얼굴웃는얼굴웃는얼굴웃는얼굴웃는얼굴
웃는얼굴웃는얼굴웃는얼굴웃는얼굴웃는얼굴웃는얼굴웃는얼굴웃는얼굴웃
는얼굴웃는얼굴웃는얼굴웃는얼굴웃는얼굴웃는얼굴웃는얼굴웃는얼굴웃는
얼굴웃는얼굴웃는얼굴웃는얼굴웃는얼굴웃는얼굴웃는얼굴웃는얼굴웃는얼
굴웃는얼굴웃는얼굴웃는얼굴웃는얼굴웃는얼굴웃는얼굴웃는얼굴웃는얼굴
웃는얼굴웃는얼굴웃는얼굴웃는얼굴웃는얼굴웃는얼굴웃는얼굴웃는얼굴웃
는얼굴웃는얼굴웃는얼굴웃는얼굴웃는얼굴웃는얼굴웃는얼굴웃는얼굴웃는
얼굴웃는얼굴웃는얼굴웃는얼굴웃는얼굴웃는얼굴웃는얼굴웃는얼굴웃는얼
굴웃는얼굴웃는얼굴웃는얼굴웃는얼굴웃는얼굴웃는얼굴웃는얼굴웃는얼굴
웃는얼굴웃는얼굴웃는얼굴웃는얼굴웃는얼굴웃는얼굴웃는얼굴웃는얼굴웃
는얼굴웃는얼굴웃는얼굴웃는얼굴웃는얼굴웃는얼굴웃는얼굴웃는얼굴웃는
얼굴웃는얼굴웃는얼굴웃는얼굴웃는얼굴웃는얼굴웃는얼굴웃는얼굴웃는얼
굴웃는얼굴웃는얼굴웃는얼굴웃는얼굴웃는얼굴웃는얼굴웃는얼굴웃는얼굴
웃는얼굴웃는얼굴웃는얼굴웃는얼굴웃는얼굴웃는얼굴웃는얼굴웃는얼굴웃
는얼굴웃는얼굴웃는얼굴웃는얼굴웃는얼굴웃는얼굴웃는얼굴웃는얼굴웃는
얼굴웃는얼굴웃는얼굴웃는얼굴웃는얼굴웃는얼굴웃는얼굴웃는얼

울면서 죽어. 죽어.

(이틀이 지난 뒤 파일을 열어봄)

내가 너무 화가 많다. 정말 미칠 것 같았나보다. 감정을 그대로 뭉쳐서 종이 위에 패대기쳐놓은 걸 보는 것 같다. 나는 내가 걱정스럽다. 살아가는 데에 필요한 게 너무 많고, 스스로가 한심하고 무력하게만 느껴진다. 정신 차려. 잘 좀 하자.

집 앞에 'SM복싱클럽'이 있는데(진짜 상호임) 거길 좀 다녀봐야겠다는 생각이 든다. 뭐라도 때리고 오면 좀 낫지 않을까요? 아, 저번 장의 마거릿 애트우드의 소설이라고 쓴 '시녀들'은 '시녀 이야기'가 맞는 제목입니다. 저도 다시 읽다가 생각이 났어요. 요즘에는 단어들이 자꾸 생각이 안 나요. 며칠 전에는 단순한 동사가 생각이 안 나서 말로 풀어 설명했는데 이제는 그 동사가 뭐였는지 어떻게 설명했는지도 기억이 나지 않는다. 자꾸만 같은 자리를 맴도는 기분이 든다.

뒤집힌 풍뎅이처럼.

*

우리 옆집에는 일곱 살 그리고 아홉 살 남매가 살아요. 우리 아이하고도 친해져서 같이 놀이터도 다니고 그래요. 그게 얼마나 다행이고 고마운지 몰라요. 그런데 사정이 안 되어 옆집 아이들이 아이와 놀아주지 못한 적이 몇 번 있는데 아이는 그게 그렇게 속상했대요.

한밤중에 벨이 울려 나가보니 옆집 아주머니께서 찾아오셨더라고요. 잠시만 둘이 이야기 좀 나눌 수 없냐고 하셔서 따라가니 복도에 내놓은 화분을 보여주시더라고요. 그 집 아이들이 키우는 모종이 전부 쏟아져 있고 고추가 전부 짓이겨져 바닥에 뭉개져 있었어요. 매운 냄새가 훅 끼쳤어요.

이번이 처음이 아니래요. 자기가 직접 보지 않아 확실하지 않지만 혹시 아이에게 물어봐줄 수 있느냐고 죄송하다며 조심스럽게 말씀을 하시더라고요. 저는 그 광경이 믿기지 않았어요. 내 아이가 이렇게 폭력적일 수 있다고 생각해본 적이 없거든요. 저는 죄송하다 사과드리고 아이와 이야기해본 후에 다시 말씀드리겠다고 했어요. 옆집 아주머니께서는 혹시 아이가 했다고 이야기하거든 남매에게 사과를 해줄 수 있느냐고 물으시더라고요. 당연히 그렇게 하겠다고 말씀드렸지요.

집에 돌아와 아이를 데리고 방으로 들어갔어요. 단정한 어둠 속에 마주앉아 아이의 눈을 들여다보며 물었어요. 옆집 화분에 대해. 아이는 자기는 절대 아니라고 안 그랬다고 하더라고요. 너무나 순수하고 순진한 얼굴로 절대 자기는 아니라고. 그 순간 정말 안 그랬는데 내가 괜히 의심했구나 싶었지요. 역시 내 아이가 그럴 리

없다고. 엄마도 너를 믿는다고 하니, 그치, 나는 안 그랬어, 하고 답하더라고요. 그런데 혹시 정말 네가 안 그랬니. 정말이니. 솔직하게 말해줘. 엄마는 혼내지 않아, 하고 말했지요. 안 그랬대요. 그렇게 이십 분 동안 물으니 아주 작게 아이가 기어들어가는 목소리로 말했어요. "내가 그랬어. 화분."

어떻게 그렇게 투명한 눈동자로 거짓을 말할 수 있었을까요. 그렇게 착한 아이가 그런 짓을 했다는 것도 놀라웠지만 거짓을 끝없이 주장하던 맑은 얼굴이 저에게는 더 큰 충격이었어요. 저는 최대한 차분하게 그게 얼마나 나쁜 짓인지 설명하고 같이 사과하러 가자고 했어요.

아이는 겁을 먹어 제 뒤로 숨었어요. 그래도 용기를 내서 잘못했다고 미안하다고 다시는 그러지 않겠다고 말했어요. 그 작은 어깨가 저는 고맙고 또 미웠어요. 이럴 때 엄마는 너에게 어떻게 해야 하는 거니. 어떻게 화분을 그 지경을 만들고 집에 앉아 같이 웃고 떠들고 밥을 먹고 만화를 보고 장난을 쳤니. 마음이 불편하지 않았니. 정말 그러니.

물으니 아이는 마음이 불편하지 않았대요. 제가 몰랐다면 아무렇지 않았을 거래요. 이 예쁜 아이가 문득 두려워지면서도 정말 많이 컸구나, 생각이 들더군요. 거짓말은 나쁜 거라고 아이에게 말했지만 사실 저는 진실을 숨기는 데서 지혜가 시작된다고 생각하거든요. 그 지혜가 나쁜 방향으로 뻗어나가지 않기만을 바랄 뿐이죠.

*

누군가를 너무 좋아하는데 그것에 보답받지 못하는 경험을 아직 해본 적이 없어서. 서툴게 마음을 표현하는 거라고 일단은 그렇게 믿기로 해요. 그날은 누나가 먼저 아이를 찾았고 아이는 누나와 형아와 함께 아이스크림을 먹고 싶다고 해 이건 누나 거, 이건 형아 거, 하며 아이스크림을 사서 손을 잡고 돌아왔는데, 갑자기 부모님이 돌아오셔서 아이의 계획과 기대가 전부 어긋나버린 날이었으니까.

초등학교 2학년 때 지은이라는 친구가 있었는데 세상에 둘도 없는 친구였다. 어느 날 지은이가 오늘부터 같이 밥을 먹지 않을 것이며 같이 등하교를 하지 않겠다고 이야기했다. 그 말이 믿기지가 않아서 하루종일 따라다니며 이유가 뭔지 물었다. 집에 와서는 잘 때까지 세상이 끝난 것처럼 울었다. 정말 세상이 끝난 것 같았다. 아이를 보며 그때의 나를 떠올린다. 마음을 주고 그 마음을 돌려받지 못하는 일은 너무 아픈 거지. 그렇지만 너도 언젠가 돌려주지 못하는 입장이 되기도 할 거다. 그렇게 조금씩 마음도 자라는 거겠지. 그걸 지켜보는 나는 불안하고 아프기도 하다. 네가 살아가며 겪을 기쁨과 슬픔을 어쩐지 알 것 같아서. 대신 상처받을 수는 없다는 걸 알기 때문에 묵묵히 옆에 있어주고 싶을 뿐이다.

밤중에 침대에 누우면 자주 그런 생각을 한다. 우리집은 이십 층이야. 언제든지 뛰어내리면 반드시 죽을 수 있어. 그럼 조금 안심이 된다. 그러다 아이를 본다. 아이의 잠든 얼굴은 천사 같다. 이상한 충만함과 슬픔이 마음 안에 가득 차오른다.

네가 겪을 여러 처음들로 인해 상처받고 아무 손도 잡을 수 없을 것 같을 때 내가 옆에 있으려면 나는 더 오래 살아야겠다. 더 오래 살아야만 한다.

법원에서 손정우의 미국 송환을 불허했고 그는 석방됐다. 세상에는 목숨으로 갚을 수 없는 것이 너무 많다. 천 개의 손이 필요하다고 생각하며 난간에 기대 아래를 바라보았다. 까마득한 밤 풍경이 발밑에서 아름답게 빛나고 있었다.

마음이라는 거 요상한 거 그거

금요일이다. 강의가 없는 날이다. 아이를 유치원에 데려다주고 와서 두 시간 정도 책을 읽고 점심을 먹으며 독일 드라마 〈다크〉 시즌3를 보았다. 잠깐 침대에 누웠다가 알람 다 끄고 계속 자서 지금 일어났다. 오후 다섯시. 이제 아이를 데리러 가야 한다. 원래 점심 먹고 원고 쓰려고 했는데 하나도 못 쓰고 잠만 자서 지금이라도 조금 쓴다. 시작이라도 해놓으면 약간은 마음이 편하고 그래도 조금은 썼어! 같은 마음이 될 것 같아서. 엉엉.

〈다크〉를 보다가 잠들어서인지 아포칼립스가 도래하는 꿈을 꿨고 코스트코 같은 대형 마트에서 미친듯 물건을 쓸어담아 훔쳤다. 그러다가 사람들에게 밀려 일행(가족 아니고 일행인데 모두 처음 보는 사람들이었다)을 전부 잃었다. 그들을 다 놓쳤다고 생각하는 순간 이상하게 불안하면서도 마음이 놓였는데 왜일까? 훔친 물건 약간을 겨우 챙겨 엄청나게 도시를 헤매고 사람들하고 자리를 두고 싸우고 다시 헤매기를 반복하다가 어떤 고층 빌딩의 사무실 책상 한 칸에서 살게 되었다. 이해할 수 없지만 꿈의 공간은 일본이었다. 책상에서 자고 훔쳐온 걸 먹고 그러는 와중에 옆 책상의 남자와 친해지게 되었는데. 처음에는 어쩐지 너무 양아치 같아서 싫었지만(일본 까불이 아이돌같이 생겼음) 알고 보니 굉장히 개구지고 순수한 면도 많았고 또 갤러리의 매니저 같은 일을 하는 사람이었다(꿈이라 정확하지 않음). 우리는 그 갤러리에 걸려 있던 한 그림에 대해 자주 이야기하게 되었고 어느 날은 책상을 두고 건물 밖으로 나가 종말의 거리를 한참 걸어 갤러리에 갔다. "그곳이 아직 남아 있을까?" "지하라 아마 괜찮을 거야" 같은 대화를 하며. 다행히도 갤러리는 크게 손상되지 않았고 나는 그 그림을 보게 된다.

보게 되었던 순간의 벅찬 마음과 두근거림은 기억나는데 무슨 그림이었는지는 잘 기억이 나지 않는다. 세계의 빛과 어둠을 모두 끌어와 한곳에 응축시켜놓은, 섬세하면서도 거친 모든 색으로 그려진 그림 같았던 듯하다. 모두가 집을 잃고 거리로 쏟아져나온 와중에도 나는 집을 잃어버린 것에 대해 의아했을 뿐 슬프지 않았던 것이 기억난다. 어쩌면 지금이 더 좋아, 하고 생각했던 것 같다. 책상 위에 누워 건물의 천장을 보고 지도처럼 펼쳐진 금을 세어보며 천천히 잠으로 빠져들던 순간의 떠오를 것 같은 느낌. 더 꾸고 싶은 꿈이었다. 아쉽다. 이렇게 선명히 기억나는 꿈은 내게 많지 않은데.

그리고 꿈의 전체적인 톤이 일본 애니메이션과 만화 효과로 가득해서 종말 동화 같았다. 라노벨이었다면 『두근두근! 종말 후 만난 세계가 어쩐지 더 재미있어?!』 같은 제목이 되지 않았을까. 이제 아이를 데리러 가야겠다. 금요일은 우리만의 밤 파티를 하는 날이라 중요하기 때문이다.

밤 파티는 해가 진 후에 함께 차를 타고 맥도날드 드라이브스루에 가는 것으로 시작된다. 보통 햄버거 세트 하나, 맥너겟 열 조각, 맥플러리, 애플파이 등의 음식을 잔뜩 포장해 온다. 그리고 우리는 집안의 모든 불을 끄고 영화를 본다. 사 온 음식들을 모두 깔아놓은 채. 영화를 본 후에는 '바다와 꿀집'이라 명명된 역할놀이를 하며 거품 목욕을 하고 침대에 누워 책을 읽는다. 요즘은 아이의 최애 책인 『이유가 있어서 멸종했습니다』를 자주 읽는다. 그다음 그림자놀이 ―불 끄고 플래시를 천장에 비추어 여러 동물들을 흉내내며 노는데 주로 나는 뱀을 하고 아이는 토끼를 한다. 우리는 서로를 지키며 현실에 없는 우정을 만들어간다―를 하고 마지막으로 매미와 나무 놀이를 한다. 매미는 팔 년 동안 땅에 있어서 나무가 오래오래 매미를 기다리다가 마침내 만나고, 짧은 시간 동안 함께 행복한 시간을 보낸 뒤 매미가 다시 땅으로 돌아가는 슬프고 재미있는(?) 놀이로 우리의 금요일 밤 파티는 대단원의 막을 내린다. 나는 내가 평소에 읽는 책을 자장가 삼아 읽어준다. 그러면 아이는 금세 잠이 든다. 다음날은 주말이니까 실컷 늦잠을 잔다.

이것은 우리만의 '불금'을 즐기는 방식이다. 언제까지고 함께하고 싶은 금요일이다. 아이는 오늘 유치원에서 하원하면서도 선생님께 밤 파티 날이라고 자랑했는데 선생님은 "엄마 힘드시겠네" 했고 아이는 "엄마도 즐겨요"라고 했다. 믿을 수 없이 놀라운 아이의 높은 자존감에 가끔 나는 기이함을 느낀다. 내 자식이 이렇게 자기긍정으로 가득할 수 있다니. 엄마도 즐긴다는 건 반은 맞고 반은 틀리단다 애야. 물론 엄마도 무척 즐거워!

육아책이 따로 계약되어 있어서 아이 얘기는 다른 산문에선 최대한 자제하려고 했는데…… 그런데 그때는 또 그 시점의 아이에 대해 할 이야기들이 많을 거라고 생각한다. 시인 백은선이 궁금한 사람들에게 자꾸 다른 얘기만 해서 질리게 만들면 어쩌나 걱정도 되지만 나는 내가 할 수 있는 이야기를 최대한 솔직하게 하는 것이 나의 최선이라고 믿는다. 현재의 나는 너무 깊게 아이와 연결되어 있어 그것에서 벗어나 사고할 수 있는 기능을 잃어버린 것만 같다. 그게 너무 좋고 가끔은 절망적이다.

인간에게 인간을 믿고 사랑하는 힘은 어디서부터 나오는 걸까.

마음이라는 것은 대체 무엇인가. 볼 수도 만질 수도 없는 마음을 어떻게 얻고 쓰고 채우는 걸까. 나는 가끔 이 모든 작용을 믿을 수 없다. 기분과 마음은 어떻게 다를까. 나는 내 삶이 천천히 돌고 있는 것을 그저 구경할 뿐인데. 그 안에서 계속해서 영향을 받는다는 것이 끔찍하다.

예전에는 마음은 무한한 거라고 생각했다. 얼마든지 얼마든지 누구에게 주어도 다시 생겨나는 거라고. 내가 잘 모르는 사람, 친하지 않은 사람에게도 마음을 많이 썼다. 잘 보이고 싶었고 그 마음이 언젠가 돌아올 거라고 믿었다. 왜 마음을 '쓴다'고 할까. 그건 마음이 쓰면 없어지는 거여서라고, 마음의 양에는 한계가 있어 그런 거라고 나는 이제 생각한다. 그래서 이제는 가깝지 않은 사람에게는 마음을 잘 쓰지 않는다. 내 마음은 귀한 거고 친구들에게 아이에게 그리고 나에게 쓰기에도 턱없이 부족하다는 걸 알아버렸기 때문이다.

처음 상담을 시작했을 때(지금은 돈 없어서 종료했다) 선생님은 내게 "스스로를 존귀하게 여겨야만 해요"라고 말씀하셨다. 나는 웃으며 "그게 뭔지 모르겠어요. 먹는 건가요?"라고 농담을 했다. 나는 정말로 그게 뭔지 전혀 알지 못했다. 나와의 약속을 어기는 것에 익숙하고, 나를 돌보기보다 타인을 돌보는 게 먼저였기 때문이다. 이렇게 나를 분석하게 될 수 있었던 것도 상담이 끝나고 한

참이 지난 후다. 그때는 그냥 정말로 그 말이 이해가 되지 않았다. 항상 웃으며 이야기하는 것에 대한 지적도 많이 받았다. 물어보니 다른 사람들은 상담실에 들어가기만 하면 눈물부터 난다고 하는데 나는 약 이십사 회 정도의 상담 시간 동안 운 적이 거의 없었다.

"누군가가 우리가 대화 나누는 모습을 소리없이 영상만 본다면 우리가 아주 재미있는 얘기를 하고 있다고 생각할 거예요." 선생님은 말씀하셨다. 그런데 나는 힘들고 죽고 싶었던 얘기를 하면서도 자꾸만 비실비실 웃음이 새나왔다. 지금 생각해보면 나는 늘 그런 식으로 나를 방어하려고 했던 것만 같다. 나는 늘 재미있는 사람으로 보이려고 노력했고 어딜 가든 웃긴 애로 보이고 싶어했다. 이런 일들이 있지만 나는 아무렇지 않다고. 세상은 원래 그런 거고 난 그게 우습다고 온몸으로 외치고 싶었던 것 같다.

지금도 나는 수업을 하며 학생들을 웃기고 싶어한다. 학생들이 웃으면 내가 쓸모 있는 사람이 된 것 같아 기분이 좋고 학생들이 무표정하면 내가 뭔가 잘못을 저지른 것만 같아 두렵다. 나는 늘 광대 짓을 하려 애쓰고 있는 것이다. 그렇지만 이제 나는 내가 많이 나아졌다고 느낀다. 상대가 웃어주지 않아도 그건 내 잘못이 아니다. 나는 그렇게 중요한 사람이 아니니까. 그 사람에게 내가 그렇게 큰 영향을 줄 거라는 전제 자체가 착각이며 잘못된 거라는 거, 이젠 아니까. 사람들은 생각보다 내게 관심이 많고, 생각보다 내게 관심이 없다. 그게 사람들의 이상하고 흥미로운 점이다.

어떤 날은 상담중에 그런 일이 있었다. 내가 안 좋았던 과거에 대해 이야기하면 선생님은 늘 내게 "그때 기분이 어땠나요?" 하고 묻곤 하셨는데 나는 거기에 잘 대답을 못했다. "답답했던 것 같아요. 무거웠던 것 같아요"같이 나는 나의 기분을 헤아릴 줄 몰랐다. 이제 와 생각해보니 나의 질문이 늘 바깥을 향해 있었던 탓인 것 같다. 내 기분조차 모르는 내가 어떻게 글을 써왔는지 스스로도 대견할 따름이다. 나는 내 상태를 늘 현상적으로 보려고 했던 것 같다. '마음'은 지워버린 상태에서 나를 하나의 분석 대상으로 수술대 위에 올려놓고 가만히 응시하고 있었던 것이다. 그런데 '마음'이란 뭘까. 마음이 정말 있다면 어디에 있을까? 마음과 기분에 일정한 교집합이 있다면, 영혼은 무엇일까?

일단 마음이 '쓰는' 것이라면 기분은 '생기는' 것 같다. 그럼 영혼은? 쓰지도 생기지도 않는 범주에 있는 것 같고 애초에 있었던 것 같다. 어쩐지 그렇게 느껴진다. 영혼이 집이라면 마음과 기분은 가구 같다. 아닌가? 좀더 고민해봐야겠다.

〈다크〉 시즌3에서 요나스는 자신이 존재하지 않는 세계를 맞닥뜨린다. 더이상 자신을 기억하지 못하는 마르타와 만난다. 그때 요나스가 느꼈을 감정은 무엇이었을까? 그런 세계를 목도한다는 것은. 처음부터 태어나지 않았다면 달랐을 거야. 근데 태어나서 관계 맺고 사랑을 했는데 그 사람은 나 없이 멀쩡히 살고 있고 나는 태어나지 않은 세계를 '존재'하면서 지켜보는 건 무척이나 가슴 아픈 일일 것 같아. 나는 요나스와 마르타가 세계를 바로잡으려고 전 생애를 바쳐 애쓰는 것이 잘 이해되지 않는다. 나라면 될 대로 되라고 그냥 내버려둔 채 잠적해버리고 말았을 것 같은데. 왜 그 모든 일을 자신 때문이라 자책하며 바로잡으려 무수한 시간들을 돌아다니는지 이해할 수가 없다. 인간이 그 정도로 간절할 수 있을까? 평생 동안? 나는 그런 거대한 운명에 잘 접속되지 않는다.

커튼이 바람에 나부낀다. 나는 자주 데자뷰를 겪는데 그럴 때마다 천 번쯤 살았던 삶을 다시 사는 느낌이 든다. 문학실에 앉아 아이들의 얼굴을 찬찬히 들여다보고 있으면 이 아이들을 아주 오래전에도 알았던 것 같고 이미 내가 같은 말을 했던 것 같다는 느낌에 사로잡히곤 한다. 누군가는 보았을까. 나의 전생을 영화처럼 관람하고 있지는 않을까. 그런 시시하고 재미없는 것을 시시티브이 앞에 앉은 경비원처럼 무심한 눈으로 흘려 보고 있지는 않을까.

병원에 갔는데 의사 선생님이 평소 먹는 영양제가 있느냐고 물었다. "비타민C하고 콜라겐하고 음…… 뭐더라…… 싹…… 싹보리였나?" 내가 말하자 그가 말했다. "새싹보리요." "아 네 그거요!" 나는 또 단어를 까먹고 있었다. 머릿속이 점점 하얘지면, 다 까먹으면 어떻게 하지요. 어떻게 해요.

나는 부신기능저하라는 이야기를 들었다. 이유 없이 피곤하고 잠에서 깨기 힘들고 짜증이 자주 나고 아침에 입맛이 없다면 혈액검사를 해보세요. 당신은 부신기능저하일 수 있습니다. 비타민 먹고 밀크시슬 먹고 유산균 먹고 그런 거 다 소용없다면 병원에 갑시다. 피는 모든 것을 말해줍니다.

왜 살고 있나. 무엇이 인간을 살게 하나 그런 생각을 했다. 무엇이 검은 구멍으로부터 사람을 끌어올릴까. 무엇이. 희망은 가짜 약속 같고 쥘 수 없다. 나는 내가 싫다. 나는 내가 정말정말 싫다. 다시 존귀함에서 멀어지고 있다. 확실한 게 아무것도 없어서 할 수 있는 것도 점점 없어진다는 생각을 했다. 창밖으로 검은 새가 지나간 자리를 한참을 보고 있다가 신발을 신고 무작정 밖으로 나갔다.

창밖으로 보이던 그 산에 가봐야지 생각했는데, 나는 집 주변을 한 바퀴 돌고 편의점에 들러 커피만 사 집으로 돌아왔다. 산은 보는 거야. 오르는 게 아니야. 침대에 옆으로 돌아누워 비스듬히 전자책을 기대놓고 책을 읽었다. 나는 책을 좋아해. 책을 읽는 거, 책 속의 세계로 빨려들어 진공 같은 보호막이 생기는 순간, 아무 소리도 들리지 않고 아무 생각도 들지 않고 인물에 이입해서 살아가는 시간을. 나는 어쩌면 책 속의 인물에게 더 많이 몰입하는 걸까? 존귀함은 멀어졌다가 가까워졌다가 한다. 어떨 때는 지난 내 모든 선택이 후회스러워서 잠이 오지 않는다. 극한의 피로 속에서 정신이

초롱초롱해지며 눈이 맑아지는 시간이 있다.

한 가지 면만 가진 사람도 없고 한 가지 성격만 가진 인간도 없고 나는 내가 싫고 좋고 슬프고 기쁘고 이상하고 안도하고 그런 반복을 계속해서 들락날락거리는 게 내게 남은 삶을 탕진하는 방법이라고 생각했다. 나의 것은 나뿐이야.

비브르 사 비*

전봇대는 일정한 간격으로 늘어서 있다. 구겨진 손목이 거기 혹은 여기 있다. 알지 못하는 것은 알지 못하는 것. 너는 곧 위험하다고 말하겠지만. 태연하게 펄럭이는 연처럼. 나는, 전화벨이 울리는 순간을 기억한다.

몇 번의 총격이 있었다. 타바 국경에서. 나는 눈을 감고 택시 뒷좌석에 누워 있었다. 알 수 없지만 바깥은 불이라고 생각했고 기분이 좋았다.

여자는 화를 참지 못하고 내 뺨을 내리쳤다. 시원하고 갑갑했다. 포개져 있는 종이컵. 환원되려는 충동이구나. 새가 깜박이며

---

* Vivre sa vie. 프랑스어로 '자기 삶을 산다'라는 뜻.

날아가고 있었다.

노래를 부를 때 보컬이 가져야 할 가장 바람직한 태도는 모든 것을 내려놓는 것이고 관객 바깥에서 진짜 청자를 끌어오는 것이다. 그렇게 말하는 기타리스트를 본 적이 있는지. 귀머거리들의 합창이 너의 이상이겠지. 나는 비로소 종이가 된 것 같은 마음으로 종이를 내려다보고 있다.

위험해. 왜 말을 안 듣니. 어디 얼굴 좀 보자. 고개 들어봐.

또다시 알 수 없는 나무들의 작당이 시작되려 해. 외국어를 사랑하는 외국인들이 가득한 외국 마을에서 외국 음식을 먹으며 외국을 잊지. 나는 점점 멍청해지는 것 같아.

고깔모자를 씌워주던 검은 손. 검은 얼굴은 눈을 더 빛나게 하나봐. 발음은 어렵지만 그 어려움이 내게 위안을 준다. 너는 단지 몇 개의 병뚜껑이나 과자 부스러기를 양 주머니에 쑤셔넣고 의기양양하게 웃고 있었다. 멀리서 여기까지. 연기가 번져온다. 흐릿한 모래들. 유광 종이를 만질 때의 서늘한 감각.

방충망에는 자주 도마뱀이 붙어 있었는데 그건 길조라고 네가

말했다. 여자가 눈을 흘기더니 어깨를 돌려 사라진다. 그 자리의
움푹 파인 흙더미가 예쁘다.

*

있지, 너는 언제 처음 영화관에 가봤어? 그때 본 영화 제목은 뭐
야?

할머니와 할아버지가 나란히 누워 있다. 각각 누워 있다. 병원
침대에 누워 있다. 따로 누워 있다. 또 같이 누워 있다.

파렴치한이 되고 싶다.

사브레를 사가지고 이 병동 저 병동. 블라인드와 이불 환자복
바퀴 달린 침대 링거바늘 등등을 보았고 무심하게 강변을 걸었다.
여의도성모병원 앞에는 청수돌냉면이 있고 진짜 벨기에 사람이
하는 와플 가게도 있지. 냉면을 먹고 와플 여섯 개를 사서 벚나무
아래를 걷는데 너무 맛있는 거야. 한 입 먹고 두 입 먹고 그러다가
세 개 네 개 여섯 개 그걸 다 먹었는데.

결국 가느다란 나뭇가지를 붙잡고 쭈그려앉아 전부 토했지. 흰

덩어리들하고 면발이 꽃잎 위로 뒤엉키는 것을.

풍선은 높이 떠 있다. 난 늘 옆모습에 자신이 없어. 처음부터 그랬어.

지킨다는 것은 무엇일까.
지킨다는 것.

실패에서 실을 풀며. 아니다 아니야 이렇게 말할 수는 없다. 되감기는 장면들 되돌리는 손들 전봇대처럼 적절하게 떨어지는 명도. 아니다 이것도 아니야 이렇게 비겁할 수는 없다. 스크린 위에서 남자는 억울하다고 소리를 지르지. 어쩌라고. 어쩌라고. 어? 어? 나보고 뭘 어쩌라는 건데? 인상 깊은 나무는 자신의 각을 예리하게 다듬을 줄 아는 색이란다.

나는 컴퓨터 앞에 앉아 내내 수십 개의 뮤직비디오를 돌려보았다. 내내. 할말이 없어서. 매듭을 묶었다가 풀었다가 묶었다가 풀었다가 묶었다가…… 꽉 막힌 새벽. 병원의 창들.
지친 것도 아니지만 지친 적도 없다. 카우보이는 허리띠에 권총을 차며 말하고 말 위에 안장을 올린 후 능숙하게 멀어진다. 곧 점.

말하고 싶지는 않지만 말하고 싶은 뻔뻔함으로 침묵. 종이 뚫어진다. 그만 봐라. 정말 뚫어지지도 않으면서. 본다는 게 뭔데. 상수동에서 신정동까지 걸으며 사실 나는 쌍둥이일 거라고 생각했다.

할머니가 식사 준비를 한다. 김, 고추조림, 갓김치, 시금치나물, 돌나물, 미역국을 식탁에 올린다. 잡곡밥을 가득 퍼 담고 수저를 놓는다. 할아버지는 소파에 앉아 크림빵을 먹는다. 티브이를 보며. 크림빵의 크림을 소리내서 빨아먹으며. 할머니는 밥을 먹는다. 할아버지는 빵을 먹는다. 따로 먹는다. 또 같이 먹는다.

서로를 지키면서.
어두워지는 창, 빈 교실에 앉아 오늘 죽을까 생각했던 적이 있다고 했지. 거짓말이지.

꼭 좋아하는 영화 장르는 없어. B급영화 좀비영화 로맨스영화 실험영화 SF영화 고전영화. 가리지 않고 다 봐. 예쁜 여주인공이 좋아. 금발보다는 흑발. 갈색 눈보다는 초록 눈. 중학생 때 부모님 몰래 〈비브르 사 비〉를 본 적 있어.

할아버지는 매일 물어본다. 니 이름이 뭐냐. 니 이름이 뭐냐.

*

　이런 이상한 편지를 받은 일이 있다. 오래 멀리 있을 때. 공항으로 가는 기차 안에서 편지를 찢어 학을 접었다. 보컬은 몇 시간째 무대 위에서 울고 있다. 노래도 안 하고. 그게 좋아서 나는 저 여자를 위해 기타리스트가 될 수도 있을 거라고 생각했다. 내 방은 점멸, 허리 잘린 멜로디, 유유와 나나와 가가, 알 수 없다, 콜록이는 유유, 콜록이는 나나, 콜록이는 가가. 깜박이는 형광등이 한 달째 꾸준히 깜박였다. 리얼 라이프. 리얼 파이프. 이제 종말이 올 것 같다.

가라앉은 상자

너무 졸리다. 빨리 잠들고 싶다.

입에 큰 돌을 물고 손을 뒤로 묶은 채 깊은 물속으로 가라앉고 있다.

수면을 훑치며 쏟아지는 빛을 본다.

빛을 본다.

문득 저 빛은 누구의 것일까 궁금해진다.
눈물은 쉽고 침묵은 어렵고 두 팔은 닿지 않는다.

어디에도, 어디에도.

지금의 세계는 끓고 있는 커다란 기름 솥 같다.

그러니 내가 더 쓸 말이 남아 있다면 그것이 신비일 터.

빛과 빛의 없음을 동시에 본다.

놀란 짐승이 풀숲에서 고개를 들고 사방을 둘러보는 것을.
그 눈동자의 투명한 공포를 본다.

잠들고 싶다. 잠들어서 아주 깊이 잠들어서 끝의 끝에 깨어나
폭소를 터뜨리고 싶다.

손가락질하며 웃고 싶다.

너무 졸리다. 아직 해야 할 일이 많이 남아 있다. 그런 밤에 종
종 생각한다. 언제까지 이대로 살 수 있을까. 밖에 나가 수업하고
집안일하고 아이를 키우고 책을 읽고 글을 쓰면서 계속 살 수 있을
까. 나에게는 도움이 절실하다. 이렇게 소진되며 시달리며 계속해
나갈 수 있는가. 가능할까 나는. 남은 수십 년간 반복하며 작동할

수 있을까.

두 팔의 감각이 처음부터 내 것이 아니었던 것처럼 무뎌지고 있다.

마음을 놓고 편히 쉴 수 있는 순간이 있었으면 좋겠다. 차를 몰고 멀리 아주 멀리 가서 일주일만 가만히 있다가 너무 심심해서 너무 외로워서 다시 기어나오고 싶다.

누군가가 나를 만져주면 좋겠다. 참을 수 없다는 듯 사랑으로 가득찬 손이 나의 머리카락을 두 뺨을 입술을 만져주면 좋겠다. 나는 꼭 안겨서 울고 싶다.

힘들다고 소리내서 말하고 싶다.

그러나 지금은 너무 졸리다. 무너져 잠들고 싶다. 아무런 꿈도 꾸지 않고 잠들고 싶다.

잘 익은 빵이 되어 빵집 선반에 쌍둥이들과 어둠 속에 함께 누워 조용히 손을 기다리고 싶다.

몇 년째 아무도 사가지 않는 옷이 되어 마네킹에 걸린 채 숨을 거두고 싶다.

수면 아래에는 무엇이 쌓여 있을 거라고 예감해? 나는 종종 내가 잃어버린 목걸이가 어딘가 아주 깊은 바닷속에서 주인 없이 흔들리고 있을 거라고 생각해. 그것을 다시는 찾을 수 없다고 생각하면 아주 마음이 아파.

그건 할머니가 내게 태어나서 처음이자 마지막으로 준 선물이었고, 터키의 바다에서 잃어버렸고, 할머니는 돌아가셨으니까. 이제 다시 내게 선물을 줄 수 없으니까. 그런 것을 생각하며 가만히 새벽 시간 속에 앉아 있으면 할머니가 보고 싶어져서 마음이 아파.

우린 그다지 애틋한 사이가 아니었는데도 가끔은 그래. 계속해서 '너는 누구야?' 묻던 장면이 생각난다. 그땐 서운하기도 하고 눈물이 나기도 했다. 계속해서 '너는 누구야?' 그 질문을 끝없이 하는 나와 닮은 야윈 얼굴을 내려다보고 있는 게 괴로워서 금방 돌아오곤 했다.

할머니는,
아기 같았지 참 그랬지.

196

할아버지가 먼저 돌아가시고 나서는 금세 안 좋아졌다. 내 눈에는 서로 의지하지 않는 것처럼 보였는데 난 사실 잘 몰랐던 것 같다. 두 사람의 관계를 이해하지 못했던 것 같다. 할머니에게 할아버지는 어떤 존재였을까? 궁금하다.

할아버지가 돌아가시기 얼마 전에 엄마와 함께 요양원에 갔던 일도 기억이 난다. 거긴 꼭 신생아실 같았다. 누가 누군지 구별되지 않고 모두 침대에 누워 쌔근쌔근 잠들어 있는 나무들 같았다. 모두가 너무 말라서 누가 누군지 알 수가 없었다. 이름표를 하나하나 읽어내려가며 그 침대들 사이를 걷다가 할아버지를 발견하고 깜짝 놀랐던 게 생각난다. 이게 내가 알던 할아버지라니. 이렇게 초췌하고 거죽만 남은 딱딱한 뼈가 숨을 쉬고 있다니. 무서웠다.

나에게 그 일은 큰 충격이 되어 오래오래 남아 있다. 죽음의 가장 가까이에 있는 것을 목격한 일이. 그때를 글로 쓴 적은 없다. 몇 번 친구들에게 그 경험을 말로 한 적은 있어도 쓸 수는 없었다. 그럴 수 없었다. 왜 그랬을까. 그리고 왜 이제 와서 나는 그 이야기를 쓰고 있는 것일까.

말과 글은 이만큼이나 멀고 아득하다. 우리는 그것들이 우리 내면에서 정확히 어떠한 메커니즘으로 작동하는지, 사람이 내밀한 것을 말할 수 있게 될 때와 그것을 마침내 글로 쓸 수 있게 될 때의 순간을 절대로 쉽게 예상하거나 알아낼 수 없으리라는 생각이 든다.

외갓집에 가서 놀고 있으면 무뚝뚝한 할아버지는 종종 사브레를 사다주시곤 했다. 그때는 왜 많은 과자 중에 이걸 사왔을까? 과자를 반기는 마음과 실망감이 함께 들었는데. 지금은 아무 걱정 없이 소파에 앉아 과자를 또각또각 깨물어 먹던 그때가 조금은 그립기도 하다. 하루만 그날로 돌아갔다 돌아오고 싶다.

이런 마음들이 쌓이고 쌓여 사람들은 시간여행을 꿈꾸게 되는 거겠지?

나도 예전에 시간을 여행하는 작가에 대한 시를 쓴 적이 있다. 그 작가는 자신이 쓴 글을 다시 쓰기 위해 과거로 여행을 한다. 나는 〈터미네이터〉 시리즈를 몹시 좋아하는데 그 영화의 구조에 대해 오래 생각했고 그런 시간을 거스르는 이야기를 시로 써보고 싶다고 늘 생각했었다. 아마 그런 영향에 의해 그 시를 쓰게 된 것이 아닌가 싶다. 나는 과거로 가서 나를 구해내고 싶었다. 어리고 철없고 쉽게 마음을 나누어주던 나를, 그로 인해 화를 입은 나를 구하고 싶었다.

과거의 사건을 움직이면 인과율이 바뀌어 현재도 뒤집힌다. 나는 오늘 주현이와 함께 방에 앉아 과거로 갈 수 있다면 우리는 어떤 선택을 했을지 이야기했다. 지금 와서 생각해보니 젊을 때 더 많이 놀 걸 그랬다는 생각이 든다. 너무 억눌려 살아서 그때 못 놀았던 한이 쌓여 지금 자꾸 철없는 짓을 하게 되는 것 같다. 그리고 한 달만 대학생이 되어 여름방학을 아주 게으르게 보내고 싶다. 누워서 자고 또 자고 더이상 잠이 안 올 때는 일어나 극장에 갔다 오고 싶다. 이왕이면 아트시네마에 가고 싶다. 회고전 같은 것을 보며 지루함을 즐기고 싶다. 낙원상가 주변에 즐비한 포차에서 혼자 술도 한잔해보고 싶다.

나는 소개팅 미팅 클럽 나이트에 대한 경험이 없다(등단 초기 남녀 문인 여덟 명과 함께 성인 나이트 가본 거 빼고). 미친듯이 춤추고 소개팅도 하고 혼자 김칫국도 마시고 그렇게 탕진하는 시간도 보내보고 싶다. 막상 해보면 괜히 했다 싶겠지. 그래도.

나는 내가 과거로 갈 수 있다면 아이를 또 낳았을까, 하고 생각해본 적이 있다. 누군가는 나를 맹렬히 비난할지도 모르지만 그런 생각을 속으로 은밀히 해본 적 있다. 그때마다 내 대답은 '그렇다'였다. 하지만 그런 생각을 해보았다는 것만으로 아이에게 미안하다. 커서 이거 읽으면 어떻게 해. 그래도 이해해줘. 엄마가 너무 힘들어서 그래.

*

종이 울리고 왕은 높은 단상 위의 높은 의자에 앉아 붉은 깃발을 세운다. 그때 기다렸다는 듯 스무 명의 목이 차례차례 떨어져 흙 위를 뒹굴었다.

얼굴은 모두 눈 코 입이 지워진 채였다.

하얀 공이 바닥을 구르며 텅 빈 소리를 울린다.

멀리서 바람을 타고 하나의 목소리가 들려왔다.

가라앉은 상자를 끌어올려라 가라앉은 상자를 끌어올려라 가라앉은 상자를 끌어올려라 가라앉은 상자를 끌어올려라

하루종일 그 장면과 말이 머릿속을 떠나지 않았다.

나는 아주 조심스럽게 투명한 구슬을 입에 넣고 굴리듯 그 말을 혀끝에서 굴린다.

왜 이런 말이 나를 찾아와서 떠나지 않는지 궁금해하며 주차를 하고 엘리베이터 앞에 멍하니 서 있었다.

나는 중얼거렸다. 수면부족일 거야.

집에 들어와 아이를 씻기고 물놀이를 하고 책을 읽어주고 이제 제발 자라 늦었다는 말을 백 번쯤 하면서 아이를 재웠다. 이 모든 일은 내일도 벌어질 것이고 모레도 벌어질 것이다. 그다음날도 그 다음날도 그다음날도.

미안하지만 가라앉은 상자를 끌어올릴 시간이 없어요. 잘 시간 도 없거든요.

너무 졸리다. 자고 내일 또 이어서 써야겠다. 잠은 보약인데 보 약이 너무 멀다.

*

정확히 어제와 같은 일을 반복하고 다시 책상 앞에 앉았다. 요 즘은 엄마가 내가 연재하는 산문을 챙겨 읽는다. 내게 일어난 일을 내가 말하기 전에 미리 알고 있고 그런다. 엄마가 읽는다고 생각하 니 어쩐지 앞에 쓴 일들이 조금 신경이 쓰인다. 엄마, 보고 있어? 엄마.

나는 글을 쓸 때, 쓰다가 막히거나 더 어떻게 진행시키는 것이

옳은지에 대해 고민할 때면 책상에 놓여 있는 모래시계를 멍하니 바라보고 있곤 한다. 아주 가늘게 모래가 쏟아지는 소리가 들리고 모래가 점점 쌓이는 것이 보인다. 내가 멍하니 있는 동안에도 계속 시간은 흐르고 있다.

나에게는 한 시간짜리 모래시계와 삼십 분짜리 모래시계가 있다. 주로 글을 쓸 때 시간을 재려고 사용하고 급하게 책을 읽을 때도 사용한다. 아주 천천히 글을 쓰고 책을 읽는 것을 좋아하지만 상황이 여의치 않을 때가 많다. 그럴 때는 저 모래가 다 사라지기 전에 몇 매를 써야지, 몇 쪽까지 읽어야지, 그런 경쟁을 하는 것이다. 그건 의외로 효과가 좋다. 한동안은 뽀모도로 앱을 쓰기도 했는데, 역시 나는 조금 뒤처진 사람이라 그런지 물성이 있는 것이 더 와닿는다.

나중에 아주 넓은 책상을 갖게 된다면(지금 완전 비좁고 쓰레기통 같음) 분별로 모래시계를 모아 책상 위에 일렬로 올려놓고 싶다.

언젠가 원 없이 잘 수 있는 날이 내게도 올까? 인생은 정말 결승점 없는 달리기 같다.

붉은 깃발이 자꾸 생각난다. *가라앉은 상자를 끌어올려라*, 그 얘긴 시로 쓸걸. 언젠가 그걸 제목으로 시 써야겠다.

세계가 나의 침묵을 도와줬으면 좋겠어

시는 어떤 얼굴을 하고 찾아오는가. 시의 눈 코 입은. 시의 표정은. 시라는 비극 안에는 세계가 있고 그 세계 속 사람들은 작은 상자를 안고 다닌다. 그 안에는 웃고 있는 인형들. 태연함으로 무장한 인형의 견고함으로 더욱 출렁이기 시작하는 세계. 그들은 입을 모아 한목소리로 말한다. 매일은 매일이지, 매일은 매일이야. 그럼 그렇고말고. 작아지면서 점점 작아지면서 동시에 점점 커지면서 그 둘이 한 시공간의 현상으로 파노라마처럼 펼쳐질 때. 상자만 남은 텅 빈 도시, 어깨를 맞대고 빽빽이 선 거인들의 손바닥에 놓인 작은 점. 쿵쾅대며 쿵쾅대며 잊었던 것을 방금 떠올린 얼굴로, 막 꿈에서 깨어난 얼굴로. 우리는 우리야. 우리는 오늘 우리의 왕이야. 더 큰 목소리 점점 더 큰 목소리.

그리고 아무리 귀를 기울여도 헤아릴 수 없는 적막 속에서.

영원해! 영원해!

혼돈과 공포 속에서.

어둠이 찾아오고 숲이 그림자 속으로 침잠할 때 왕이 왕관을 내려놓고 침대에 누워 머리끝까지 이불을 끌어당길 때 이불과 함께 끌어당겨지는 것들. 은하계가 뜯어진 깃발처럼 펄럭이며 굴러떨어질 때. 뿌리 뽑힌 꽃들이 예쁘게 비명을 지를 때. 사지가 비틀린 인형들이 침묵을 지키며 이불 위에서 뛰어놀 때. 중력이 사라질 때.

짐은 단 하나의 왕이자 모든 것이다.

*

사방연속무늬가 가득한 텅 빈 사각의 방이 브라운관 속에 있다.

한 시간 두 시간 세 시간 네 시간 다섯 시간 여섯 시간 사방연속무늬 사방연속무늬 사방연속무늬. 아무도 눈치채지 못할 만큼 천천히 클로즈업 클로즈업 스무 시간이 지나고 단 하나의 무늬만이 화면을 채울 때 그것이 글자였음을 누군가는 알아챌지 몰라. *아아아아아아아아아아아아아아아아아아, 하고.* 비명의 기록입니다. 깨달음의 탄성입니다. 길고 긴 한숨입니다. 눈물의 바다입니다.

아직도 시청자가 있다면, 차마 발음할 수 없는 절망을 가슴속에서 하나씩 꺼내고 있다면 가장 밝은 곳에 심어둔 화분 속 두 개 눈처럼. 너희의 내파를 너희는 견딜 수 없을 것이다. 견딜 수밖에 없을 것이다. 예정된 암전 속에서 잊었던 것을 막 떠올린 얼굴로, 꿈에서 방금 깨어난 얼굴로. 벌어지는 입. 하나의 육체 속 각자의 검정을 영원히 끌어안고. *이제 알겠어?* 웃고 있는 팔다리 간지러워 간지러워. 우리는 온몸을 벅벅 긁으며. 나는 이것을 어떻게 호명해야 하는지 아직 알 수 없습니다. 그것은 기쁜 일.

*

매일이 매일에게 보내는 그날치의 죽음과 탄생의 보고서. 언제까지나, 언제까지나. 나는 시를 설명하기에 가장 적절한 말은 '언제까지나'라고 생각해. 혹은 아이를 돌보는 것과 같을지도. 마음에 환하게 불을 켜는 순간들이 있고 그 사이사이 쏟아져내리는 검은 모래들. 허물어지는 시간 속에서. 멍하니 벽시계를 바라보며 초침이 도는 꼴을 하루 내내 보고 있는 거지. 서성이며 서성이며. 이 아름다운 것을 어찌할 줄 몰라서. 지킬 수도 망칠 수도 없어서 계속 우왕좌왕하며 언제까지나, 서성이는 두 발, 두 손. 우물쭈물 말을 늘어놓는 차가운 입술이지. 다른 말로 바꿔 부를 수 있다면 그건 감정의 총합이자 세계의 총합이지. 돌려받지 못할 걸 알면서 두 팔을 잘라 내미는 절박이지. 언제까지나.

듣고 있니, 어둠 속에서 흔들리면서, 한 줌의 빛도 없이, 기어가는 육체, 좌표 없이, 어둠의 진창을 기어가며, 들리는 것은 내 숨소리뿐이라서.

닫힌 창밖으로 하나둘 하나둘 쌓여가는 꼭두각시 인형들. 아무것도 배우지 않기로 가르치지 않기로 다짐하고 화분에 물을 주며 생각을 해. 소란과 착란을 오가며 생각은 무성하기도 하고 너무 더러워 차마 입 밖에 낼 수 없지. 그래, 너는 그 무늬 속에서, 모든 방송이 끝난 다음 흘러내리는 그 검정줄무늬 속에서 점으로 서 있었어. 보이니. 보이지 않겠지. 그토록 단정한 소음 속에서. *아아아아아아아아아아아아아아아아.*

매일매일. 매일매일.

가까워졌지. 그것에.

4부

여성

매듭 풀기

나는 돌을 좋아한다. 나에게는 여러 가지 색의 여러 지역에서 찾은 여러 질감의 돌이 잔뜩 있다. 돌은 아주 단단하고 부드럽고 거칠다. 돌은 무겁고 모양도 가지가지다. 돌을 물속에 담그면 돌의 색은 진해지고 돌은 더 커 보인다. 나의 돌을 소개하는 돌 낭독회 같은 것을 하고 싶다. 여기까지 읽은 사람들은 단 한 개의 구체적인 돌도 떠올리지 못할 것이다. 그래서 답답할 수도 있고 더 궁금할 수도 있다. 나는 쉽게 나의 돌을 가르쳐주고 싶지 않다. 나 혼자만 알고 싶으니까.

나는 이런 생각을 해본 적이 있다. 하나의 돌과 그 돌을 보고 상상해 쓴 한 편의 시를 세트로 묶어 팔아보면 어떨까? 그럼 나는 돌을 찾아 여기저기를 헤매고 다니는 일을 하게 될 것이며 틈틈이 열심히 시를 쓰게 될 것이다. 그 시들은 어디에도 발표하지 않고 오십 편이 되면 '돌'이라는 제목의 시집 한 권으로 묶을 것이다. 한 편 한 편 수신인의 이름을 적어넣을 것이다. 좋은 생각 같지 않은가요?

약간 돌 장사하는 것 같은 모양새라 불경하게 느껴질 수도 있지만 덕업일치랄까, 돌에 대한 사랑을 전파하면서 돌로 생활비도 벌 수 있는 일석이조의 일 같기도 하다. 수요만 있다면……

내가 돌을 몹시 좋아한다는 걸 아는 아이는 자꾸 돌을 주워다주는데 낡고 깨진 타일이나 아스팔트 조각 같은 것을 가져다주기도 한다. 이건 돌이 아니라고 해도 계속 돌이라고 우긴다. 그게 또 너무 귀엽다. 주변 지인들도 종종 원석이나 수정을 선물해주곤 한다. 나는 그것들을 책상 위에 올려놓고 자주, 오래, 또 틈날 때마다 바라보며 매료된다. 돌은 참으로 불가해한 것이다.

처음 고등학교에서 수업을 하게 되었을 때 아이들을 데리고 야외수업으로 '돌 찾기, 발견한 돌로 시 써오기'를 한 적이 있다. 아이들은 학교에 돌이 없다고 했지만 우리는 곧 엄청나게 많은 돌을 발견한다(돌인 줄 알고 주웠는데 지우개였던 적도 있다). 힘을 합쳐 땅을 파고 주워 온 돌을 하나하나 씻어 흙을 제거한 뒤 돌의 색과 모양을 관찰했고 시를 써서 함께 읽었다. 지금 그 돌들은 어디에 있을까. 아이들의 책상에 놓여 있을까. 아니면 어딘가로 사라졌을까? 나는 자주 속으로 생각한다. "돌은 어디에나 있고/ 우리는 그것을 안다"*고. 돌은 정말 어디에나 있다. 편의점 앞에도 있고 갈빗집 바닥에도 있고 숲에도 운동장에도 바닷속에도 있다. 돌은 아주 조용히 있다. 어쩌면 무언가를 기다리고 있을지도 모른다. 순간이 찾아오기를. 무너져내리기를.

돌의 내부에는 우리가 헤아릴 수 없는 시간이 응축되어 있고 무너짐과 결합이 함께 들어 있다. 돌은 살아 있되 죽어 있다. 세상에 돌만큼 신비로운 물성을 지닌 것이 또 있을까. 돌에게는 돌이라는 말이 너무 잘 어울린다. 돌, 돌, 하고 말해보면 설명할 수 없는 모든 내재율이 쏟아져나오는 것 같다. 나는 돌이 정말 좋다.

어쩌다가 나는 이렇게 돌에 반하게 되었을까. 돌을 모으는 버릇은 여행지에서 그곳의 돌을 하나씩 주워 오면서 시작된 것 같다. 돈은 없고 무언가를 기념하고는 싶었던 나는 발아래를 유심히 보고 다녔다. 그러다 마음에 드는 돌을 발견하면 주워 가방이나 주머니에 하나씩 집어넣게 된 것이다. 여행지에서 듣던 노래를 들으면 그때가 환기되면서 그곳으로 잠시 돌아갈 수 있듯이 돌은 내게 노래이고 타임머신이다.

요즘 내 소원 중 하나는 넓은 집으로 이사를 가서 돌만을 위한 유리 장식장을 짜 돌을 전시해두고 매일매일 보는 것이다. 언젠가는 꼭 이루게 될 것이다. 지방으로 이사가서 이억 정도 대출받으면 되니까(대출이 나올까?).

---

* 백은선, 「도움의 돌」, 『가능세계』, 문학과지성사, 2016.

*

이사 얘기가 나와 말인데 나는 요즘 파주 지역 집들의 시세를 살펴보는 데 관심이 많다. 심심하면 네이버 부동산에 들어가 실거래가를 살펴보고 집들의 구조를 살펴보며 상상의 나래를 펼친다. 지금 사는 전셋집보다 매매가가 저렴하면서도 큰 평수의 집들이 많다. 주변이 논밭이고 읍이라는 것이 저렴한 이유인 것 같다. 나는 좋은데, 우리 아이는 어떻게 생각할지 모르겠다. 그리고 파주는 만약 전쟁이 나면 한 방에 죽을 수 있을 것 같아서 좋다. 나는 좀비물 같은 걸 봐도 제일 먼저 좀비가 되고 싶다고 생각하니까. 애써 도망다니면서 볼 꼴 못 볼 꼴 다 보며 겨우겨우 하루하루 살아내는 불굴의 의지가 이해되지 않으니까. 그런데 왜 좀비들은 전부 말랐을까? 아마 무덤에서 살아난 시체, 즉 해골의 이야기가 근원에 있어서 그렇지 않을까?

나는 좀비물이 별로다. 그냥 잘 접속이 되지 않는다. 좀비로 뒤덮인 세계에 대해 공감이 가지 않기 때문이다. 가장 무서운 건 역시 인간이다. 인간만큼 무서운 존재는 없다. 인간은 자꾸 의심하게 만들기 때문이다. 모두 상처받기 싫어하는데 어째서 이렇게 상처받아야만 하는 사람이 많은 건지 가끔은 이해가 되지 않아서 화가 날 때도 있다. 그런데 어떤 영역의 인간은 진정 이해가 되지 않기 때문에 나는 이해가 되지 않는 것에 대해 이해하려고 애쓰는 것을 이제는 자주 포기하게 되어버렸다. 그건 슬픈 일이다. 인간을 포기한다는 거. 그러나 끝없이 이해하려고 애쓰는 게, 때론 너무 훤히 이해가 되는 게 더 슬프기도 하니까. 이해할 수 없는 것의 미지가 늘 아름답지는 않으니까.

옛날에는 왜 그렇게들 자기 집을 가지려고 하는지 잘 이해가 되지 않았는데 이제는 너무나 이해가 간다. 이 년마다 이사를 다녀야 한다는 스트레스와 아이의 전학이나 부적응에 대한 걱정, 뿌리 없이 떠도는 기분. 아이는 이혼 때문에 이사를 하게 되어서인지 이사에 대해 트라우마가 있다. 다시는 이사를 가고 싶지 않다고 원래 집으로 돌아가고 싶다고 자꾸만 말해서 내 마음을 찢어놓는다. 어딘가 정착해서 다시는 떠나지 않아도 된다고 안심시켜주고 싶다. 다들 그런 마음에서 집을 사려고 하는 거겠지. 투기하려는 사람 빼고.

*

산문에 엄마 얘기를 썼는데 엄마가 집에 들어오면서(엄마는 대체로 금요일마다 들른다) 이야기했다. "그렇게 힘들어?" 속으로 좀전에 올라갔을 텐데, 벌써 읽었구나, 싶었다. "네가 너무 힘들다고 그러니 내가 어떻게 해야 하나 싶어." 그래서 나는 농담하며 "그럼 엄마가 산문 좀 대신 써줘. 나 할일이 너무 많아. 내 산문에 빨리 답장 써줘!" 떼를 썼다. 그리고 며칠 뒤 엄마는 정말로 글을 써서 보내왔다.

사랑하는 은선아

엄마는 네 글을 보면서 네가 얼마나 힘들고 바쁘게 네 삶을 꾸
려오고 있는지 느껴져서 마음이 많이 아프고 슬펐어.
엄마가 보는 것 신경쓰지 말고 하고 싶은 대로 써.
할 수만 있다면 너의 힘든 짐을 나누고 싶구나.
그동안 많은 일을 겪으며 여기까지 왔는데 많이 힘들었지?

은선이는 여리고 예민한 사람인데 너의 진심이 다른 사람에게
왜곡되고 오해가 생기면 현실적으로 헤쳐나가야 할 육체적인 일
도 힘든데 정신적으로 감당해야 할 일까지 너를 힘들게 하는구나.

은선아
지금 돌이켜보면 엄마도 미리 예측할 수 없었던 느닷없이 나에
게 닥치는 어려운 일들을 헤쳐나올 수 있었던 것은 엄마에게 두 딸
이 있었기 때문인 것 같다.
특히 제일 어린 은선이.

엄마가 돌봐주지도 못하고 미안하구나.

그래도 스스로 잘 자라서 자신의 길을 알아서 헤쳐나가니 대견하구나.

어느 날 엄마에게 선물과 같은 손자도 생기고.

결혼생활도 잘했으면 좋았겠지만 그것은 혼자 노력한다고 해서 되는 일이 아니니……

어제 티브이를 보는데 이혼은 행복해지려고 하는 것이 아니라 더이상 불행해지지 않기 위해서 하는 거라고 하네.

은선아

앞으로 또 어떤 일이 네 앞에 일어날지 모르지만 우리 서로 격려하며 사랑하며 우리 앞에 다가오는 삶을 잘 살아보자.

항상 너 자신을 귀하게 생각하고.

네 아이에게 네가 전부이듯이 너 또한 네 삶에서 아이가 첫번째잖아. 그러려면 너 자신부터 바르게 서야 해.

우리 휴가 가서 바다를 바라보며 푹 쉬어보자.

너무 먼 미래보다 지금 우리에게 주어진 시간에 감사하며.

엄마가 많이 사랑하는 거 잊지 말고.

네가 어떤 모습이어도 엄마는 사랑한다.

은선이를 응원하며 사랑하는 엄마가

2020. 7. 28.

엄마는 전화로 글을 쓰고 있다며 이렇게 말했다. "몇십 년 만에 글을 쓰려니 잘 쓸지 모르겠네. 네 마음대로 고쳐써도 되고, 마음에 안 들면 그냥 혼자 읽고 말아도 돼." 엄마는 정말 내 원고에 보탬이 되려고 오랜만에 펜을 든 것이다. 자식이 뭐라고.

근데 또 나는 그걸 고스란히 받아 적고 있다. 엄마, 미안하고 고맙고 사랑해요. 그리고 엄마의 편지에 '헤쳐나간다'는 말이 세 번이나 나오는 게 슬펐다. 우린 뭘 그렇게 자꾸 헤쳐나가려고 애를 쓰고 또 쓰고 있는 걸까. 끝없이 허우적거리는 것처럼.

내가 알기로 엄마는 시를 써서 문학상을 받은 적도 있고(가계경제에 보탬이 되려고 썼던 거라 활동하거나 계속 쓸 생각은 못했다고 했던 것 같다) 금속공예를 전공하고 공방도 운영했었다(결혼해서 애 낳고 그만두게 되었다). 그래서 나는 내 기질이 엄마를 많이 닮았다고 늘 생각했다. 엄마는 내가 어렸을 때 늘 나중에 너희들 다 키우고 시간 여유가 생기면 책을 쓸 거라고 말했는데, 사는 게 어려워서 여유가 생기지를 않았다. 지금은 눈이 어두워 책을 잘 못 읽는데 웹진에 발표하는 글은 읽기가 수월해 잘 챙겨보는 것 같다. 이렇게라도 엄마가 강제로(?) 글을 쓰게 만들어서 뿌듯하기도 하고 불효녀 된 것 같기도 하고 두 가지 마음이 내 안에서 싸운다. 엄마 글이 좋아서 언젠가 엄마가 꼭 자신만의 책을 썼으면 좋겠다.

돌 얘기로 시작해서 어쩌다 여기까지 의식의 흐름대로 오게 되었네. 내 원고 원래 그런 스타일인 거 다들 아니까 괜찮겠지. 돌 얘기 큰 집 소망 얘기 엄마 얘기 제목은 '돌 이사 엄마'인 건가. 이렇게 알차게 여러 가지 얘기하는 사람은 나밖에 없을 거야.

갑자기 밖에서 미친듯이 비가 내리기 시작했다. 폭우가 오는 소리. 몹시 두근거리게 되는 소리. 오늘은 이상하게 시원하면서도 아프게 들리는 소리다. 이런 빗속에서는 돌이 흉기가 되기도 할 거라는 생각이 든다. 문득 고속도로에서 보았던 '낙석 조심' 표지판이 생각난다.

떨어지는 돌.
떨어지는 돌.

돌이 무언가를 해칠 수도 있다는 생각은 지금 처음 해보았다. 이렇게 아름다운 것이 무기가 된다니 돌은 역시 불가해하다.
이번 주말에는 아이와 엄마와 바다에 가기로 했는데 그때는 날이 화창했으면 좋겠다.

사랑하는 은선아

엄마는 네 글을 보면서 ~~~~ 네가 얼마나
힘들고 바쁘게 너의 삶을 꾸려 보고 있는지 느껴져서
마음이 많이 아프고 슬펐어
엄마가 보는것 신경쓰지 말고 하고 싶은대로 써
힘수한 있다면 너의 힘든점을 나누고 싶구나
그 동안 많은 일을 겪으며 여기 까지 왔는데
많이 힘들었지 ?
은선이는 여리고 예민한 사람인데 너의 진심이
다른 사람에게 왜곡되고 오해가 생기면
현실적으로 해쳐나가야 할 육체적인 일도 힘든데
정신적으로 감당해야 할 일까지 너를 힘들게 하는구나
은선아
지금 돌이켜 보면 엄마도 미리 예측 할수 없었던
느닷없이 나에게 닥치는 어려운 일들을 헤쳐 나올 수
있었던 것은 엄마에게 두딸이 있었을기
때문인것 같다.
특히 제일 어린 은선이.
엄마가 돌봐 주지도 못하고 미안하구나
그래도 스스로 잘 자라서
자신의 길을 알아서 헤쳐나가니 대견하구나
어느날 엄마에게 선물과 같은 손자도 생기고
결혼생활도 잘 했으면 좋았겠지만 그것은
혼자 노력한다고 해서 되는일이 아니니…
어제 TV를 보는데 이혼은 행복해 지려고

하는것이 아니라 더 이상 불행해 지지 않기 위해서
하는 거라고 하네
은서아
앞으로 또 어떤일이 네 앞에 일어날지
모르지만 우리서로 격려하며 사랑하며
우리 앞에 다가오는 삶을 잘 살아보자
항상 너 자신을 귀하게 생각하고
네 아이에게 네가 전부이듯이 너 또한
너 삶에서 아이가 첫번째 삼아 그러려면
너 자신부터 바르게 서야해
우리 휴가가서 바다를 바라보며 폭쉬어 보자
너무 먼 미래보다 지금 우리에게 주어진 시간에
감사하며
엄마가 많이 사랑하는거 잊지 말고
네가 어떤 모습이어도 엄마는 사랑한다.

        은서이를 응원하며 사랑하는
                        엄마가.

    2020 . 7. 28.

중력에 반대함

애기 데리고 바다 갔다 오느라 며칠의 시간과 체력을 너무 많이 써버렸고 아이는 너무 좋아했고 우리는 돌을 많이 주웠고 하루 종일 해변 개장시간부터 폐장시간까지 물놀이 – 모래놀이 – 물놀이 – 모래놀이 무한 루프를 반복했고 나는 화상을 입었고 바닷가를 뛰어노는 아이를 보며 오늘 일찍 자겠지 예상하며 뿌듯해했지만 내가 먼저 잠들어버렸고(기절함) 읽으려고 가져간 책은 한 세 장 읽었나. 맛있는 것을 잔뜩 먹었고 역시나 엄마는 물에 들어가지 않고 종일 앉아 짐을 지키며 바다만 바라봤다. 엄마는 그래도 좋다고 했다. 보는 것만으로도 좋다고. 나는 가끔 엄마를 보면 그런 게 참 안타깝다. 여기까지 와서 발에 물 한 번 안 묻히고 간다는 게. 난 우리 셋이 여행해서 너무 힘들었지만 너무 즐거웠는데 엄마도 그랬는지 궁금하다. 좋았으면.

다행히 사흘 내내 비가 안 와서 잘 놀았다. 집을 빌려준 송지현 송주현 자매님들 고마와요.

여행을 다녀오면 현실감이 금방 회복되지 않는다. 지금도 문을 열고 나가면 바다가 있을 것 같고 파도 소리가 들릴 것만 같은데 그렇지 않다는 게 이상하다. 왜 이렇게 돌아오는 데 오랜 시간이 걸리는 걸까. 내일 또 수업 가야 되는데, 정신 차리고 선생 모드로 돌입해야 하는데 머리가 어질어질하다.

혼곤한 잠을 자고 싶다. 오래도록 꿈도 꾸지 않고. 깨어나면 가끔 여기가 어디지 하는 생각을 해. 여기가 어디지. 나는 나라는 가면을 쓴 귀신이 아닌가, 자리를 찾아 헤매며 두 발 없이 허공을 떠도는 것이 아닌가.

아이의 말버릇 중 하나는 "세상에 엄마보다 좋은 사람은 없어"인데 가끔 너무 찔린다. 지금도 우유 따라주고 엄마는 누워서 원고를 쓰고 있는데 이런 엄마가 대체 뭐가 좋은 사람이라고. 엉엉. 그거 혹시 네 희망사항은 아니지. 진심이지. 믿을게. 엄마는 좋은 사람이니까. 세상에서 제일.

갑자기 노래방 가고 싶다. 가서 도원경의 〈이 비가 그치면〉 부르고 싶다. 이 비가 그쳤으면 좋겠다. 에어컨 켜면 춥고 끄면 끕끕하다. 냉동실 안에 돼지고기 많은데 어떻게 하지. 나는 요즘 먹는 것을 많이 줄였다. 냉장고에서 음식이 점점 썩어나간다. 뭔가 해

먹는 게 너무 귀찮다. 컵라면을 세 박스 사놓고 학교 갈 때도 컵라면을 가져간다. 식재료를 사고 다듬고 요리하고 먹는 것에는 정말 많은 에너지가 든다. 얌전히 썩고 있는 것들을 보면 화가 난다. 나 자신에게 화가 나는 것이다. 식재료도 제대로 관리하지 못하고 냉장고만 (아이 때문에) 계속 채워넣는 게 한심하다. 나는 지금 확실히 뭔가 과부화되어 있긴 하다. 어느 부분을 고치면 내가 나아질까. 어쩐지 너무 낡은 부품들로 만들어진 로봇 같다. 다들 최첨단인데 나는 프로토타입인 거 같다. 메모리도 적고 데이터도 많이 처리하지 못하고 소프트웨어도 윈도98인 것 같다. 흑흑.

집을 정리해서 짐을 좀 버리고 싶은데 짐을 정리할 시간도 기운도 없다. 짐 정리 대신 해주는 업체 없을까. 전부 남의 손에 맡기고 싶다. 미어터지는 집 말고 좀 깔끔한 집에서 여유 공간을 확보하고 지내고 싶다. 물론 이혼 전의 큰 집에서 작은 평수의 지금 집으로 오느라고 물건들을 더 비좁게 둘 수밖에 없게 되긴 했지만 솔직히 내가 생각해도 옷이랑 책이 너무 많다. 근데 버리고 싶지 않다. 그게 내 문제다. 호더까진 아니지만 나는 물건을 잘 버리지 못한다. 십 년 전 옷도(물론 입기는 하지만) 버리지 않고 걸어두면서도 늘 새 옷을 계절마다 몇 벌씩 사니 결과적으로 옷은 점점 늘어난다. 심지어 주변 사람들에게 나눠주고 후회하기도 한다. 도로 내놓으라고 할 수는 없으니까. 할 수 없지. 뭘 버리면 집이 좀 훤해질까. 책을 다 버리면 결국 다시 사게 된다는 무서운 괴담을 들어서 책을 버리기도 싫고. 요즘은 전자책을 많이 본다. 종이책이 물성이 있어 더 좋지만 전자책은 무게가 없고 아이가 잘 때 옆에 누워 몰래 보기에 좋다. 백라이트가 있으니까. 그래서 결국에는 진짜 좋아하는 책은 또 종이책으로 갖고 싶어서 전자책으로 사고 종이책으로도 사는 이중 구매를 저지르게 된다. 나란 인간.

내 옷장이 미어터지는 건 여름과 겨울 두 계절이 뚜렷한 한국 날씨 때문이야. 내가 샌프란시스코 같은 곳에 살았으면 아무 문제 없었을걸. 게다가 봄가을 일 년에 한 이 주 입을 옷들까지(봄과 가을 있긴 있는지 의문이지만)! 왜 대형 아파트에 드레스룸이 있는지 알겠다. 이 변화무쌍한 한국이여.

한국 살면 성격이 분열증적으로 형성되기 딱 좋다. 내가 그 증거다. 가끔 나도 어떤 내가 진짜 나인지 잘 모르겠다. 다정한 나. 화내는 나. 웃는 나. 미친 나. 자살사고에 시달리는 나. 아이와 브런치 맛집에 가서 사진을 찍는 나. 나는 내가 잘 통합된 것처럼 사고되지 않는다. 그게 괴로울 때가 있다.

*

지난주에 대산청소년문학상 예심 발표가 있었고 붙은 학생은 기뻐하고 떨어진 학생은 상심하였다. 모두 함께 열심히 준비했는데 늘 결과는 엇갈린다는 게 참으로 슬픈 일이다.

승현이는 우리 반에서 제일 열심히 쓰는 학생이고 시에 대한 사랑이 참으로 크고 맑은 아이다. 승현이의 시를 읽을 때는 이상한 슬픔을 종종 마주하곤 한다. 그런 승현이가 웃으며 괜찮다고 의연하게 말하는데 마음이 참 아팠다. 내가 뭔가 잘못해서 그런 결과가 나온 건 아닐까 하는 죄책감이 들었다. 그런데도 승현이는 자기의 시 세계는 나를 만나기 전과 후로 나뉜다고 말한다. 그런 승현이에게 많이 고맙다(물론 우리 반 친구들 예은 여빈 은이 현서 정빈 남혁 모두에게 고마워). 승현이가 쓴 시를 많은 사람이 읽었으면 좋겠다. 그래서 여기 남겨둔다.

나는 이것 또한 하나의 과정이라고 지나갈 거라고 말하고 싶지 않다. 우리 아플 땐 실컷 아파하고 기쁠 땐 열심히 기뻐하면서 일희일비하며 시를 쓰자. 모든 순간이 중요하니까.

그리고 그 순간순간이 모여 우리를 만드는 거니까. 나는 아직도 어렵지만 곁에서 아이들을 응원하고 싶다. 그것도 내 고통스러운 일상 중 하나니까.

*

내 주먹에 뭐가 있는지 맞혀봐

고양예고 3학년 정승현

정말 이상하지.

그렇게 물어보면 네 눈치를 보게 된다. 주먹을 바라보고 있으면. 주먹을 내 얼굴에 들이밀고 도망칠 것 같은데. 손등의 푸른 핏줄이 비치는 것이. 당장이라도 네가 줄줄 쏟아질 것 같다.

네 주먹 안엔 머리카락 한 움큼이 있을 것 같다.

고개 숙여 우리의 치마 길이를 검사하고 다니던 선생은. 교복 바지를 보고는 네 머리채를 잡았다. 다음날 너는 짧아진 머리를 매만지며 등교했지. 고슴도치 같은 네 뒷머리는 어디서 자라나는 억울함일까. 이제 그 선생은 네 머리채 대신 귓불을 잡는다. 지금 생각해보면. 그 선생 정말 치마 길이를 검사하던 게 맞았을까.

네 주먹 안엔 녹슨 커터칼이 있을 것 같다.

너는 밤마다 어둠을 한 겹씩 벗겨내어 팔찌 삼았지. 그러다보면 새벽이 되어서. 너는 항상 학교에 먼저 와 있었다. 엎드려 잠든 네 소매를 내려주었다. 나는 네 손목이 가벼웠으면 좋겠다. 그랬으면 좋겠다.

맞혀보라고.

내 주먹 안에 뭐가 있는지.

정말 이상하지.

네 꼭 쥔 주먹을 잡고 싶었다. 무엇이 들었을지 모를 손이,

어떤 마음이 들었는지 다 비치는 손이 살아 있다. 네 손등은 차
갑지도 따뜻하지도 않고. 나는 네 투명한 슬픔에 손을 내민다.
너는 싱겁다는 듯 손바닥을 체육복 바지에 문질러 닦았다.

지구를 지켜라

여태 쓴 글을 실수로 한 번 날렸다. 실수로 삭제를 눌렀는데 정말 삭제되어버렸다. 바보 바보. 글을 날려먹은 건 정말 오랜만이라 당혹스럽다.

여태 썼던 글에는 수업이 시작되기 전의 느슨한 침묵이 가득한 순간에 대한 이야기가 있었고 또 색들에 대한 이야기도, 다른 이야기도 있었다. 다시 쓰기 귀찮지만 한 번 썼던 것이니 더 잘 쓸 수 있다고 나를 다독여본다.

수업시간 전에는 늘 침묵이 가득하다는 이야기. 그 침묵이 공간에 흐르는 순간의 따듯하고 창백한 찰나에 대해. 모두가 모여 자리에 앉을 때까지 나는 그 침묵을 즐기며 강의실에 앉아 사람들을 둘러본다. 나는 그 순간의 서늘함이 좋고, 날이 서지 않은 물렁한 침묵이 좋다. 침묵 속으로 창밖의 소리들이 번지며 들어오고, 매미 소리가 공기를 진동시킨다. 나는 그것이 좋은데, 그 침묵을 가장 먼저 깨는 사람은 늘 내가 되어야 한다는 사실이 조금 슬프다. 우리 한 시간 동안 침묵놀이 해볼래요? 아무 말도 하지 않고 침묵을 들어요. 그런 시간을 제안해보고 싶다. 그러나 실제 세계에서 수업은 언젠가 시작해야 하니까. 조심스럽게 입을 떼고 가벼운 인사와 근황 이야기로 사람들의 입과 귀를 부드럽게 만든다. 글을 쓰는 데에도 예열이 필요하듯 수업이라는 공동의 시간이 열리는 데에도 예열이 필요한 것 같다. 나는 모래성을 쌓듯 허물어질 가루 같은 이야기들을 풀어놓는다. 나의 주말과 이번주 내가 본 것 읽은 것 느낀 것들을 이야기하며 학생들에게도 같은 질문을 던진다. 우리는 대부분 사는 게 재미있지 않고 세상만사를 걱정한다. 그런 사람들이 함께 모여 이야기를 하고 책에 대해 의견을 나눌 수 있다는 게 좋다.

나는 최근에 매기 넬슨의 산문집 『블루엣』을 읽었다. 나는 평소 파랑(그림 속 짙은 파랑을 빼고)에 매혹된 적이 별로 없다. 파란 옷도 파란 물건도 거의 없다. 나는 초록과 검정을 정말 좋아하는데 매기 넬슨이 초록이 끔찍하다고 하는 순간, 나는 어쩐지 내 초록 물건들이 아름답지 않다는 생각에 사로잡혀 속상해졌다. 어떤 사람의 글에서는 왜 그렇게 쉽게 감정이 전이되는 걸까. 왜 그렇게

많은 예술가가 파랑의 아름다움에 사로잡히곤 하는 걸까. 'blue'
가 우울이라서 그런 걸까? 나는 애초에 왜 파랑이 우울이라는 감
정과 연결되는지도 잘 이해가 되지 않는다. 정말 우울한 색은 노랑
이라고 난 항상 생각한다. 나는 노란색을 싫어한다. 아주 어렸을
때부터 싫었다.

　나는 이혼 전에 너무 답답해 사주를 보러 간 적이 있는데 그때
사주를 봐주던 분이 내게는 파랑이 좋은 색이라고 하였다. 내 사주
에 불이 많기 때문이었다. 그뒤로 나는 파랑에 대해 다시 생각하게
되었다. 파랑은 나를 보호하고 나에게 좋은 일을 가져다줄 거야,
하고 생각하곤 했다(그러면서도 맨날 빨간 옷 입고 다닌다). 그래
서 다음에 차를 사면 파란색 테슬라 사고 싶다. 아니, 볼보도 사
고 싶은데 뭐 사지. 그는 아이의 사주는 금이며 오행이 전부 있다
고 복을 타고난 아이라고 했다. 마음이 놓였다. 불이 금을 낳는다
는 게 뭔가 이상하게 느껴지기도 이치에 맞게 느껴지기도 한다. 빛
속에 파란 것들을 잔뜩 늘어놓은 매기 넬슨의 테이블을 상상한다.
어떤 색 안에 함몰되기로 작정한다는 건 대체 어떤 마음일지. 그걸
로 한 권의 책을 쓴다는 건 얼마나 긴 꿈과도 같을지. 문득 부럽고
대단하다는 생각이 든다. 매기 넬슨의 이백사십 개의 단상들을 읽
으며 나도 언젠가 이런 책을 써보리라 마음먹었다. 그리고 인쇄할
때 파란색으로 글씨 색을 넣는 것이 좋아 보여서 따라 하고 싶어졌
다. 이건 데버라 리비의 산문집 『알고 싶지 않은 것들』을 읽을 때

도 했던 생각이다! 파란 글씨로 쓰인 것은 검은 글씨로 쓰인 것과 다르게 보인다. 좀더 쉽게 휘발될 것만 같고 공중에 손가락으로 쓴 글씨 같다. 나는 이런저런 상상을 해본다. 시집을 파란 글씨로 내면 어떨까? 이 산문을 파란색으로 실으면 어떨까? 그런 상상들을.

방금 내 책상을 둘러봤는데 파랑은 물병 뚜껑하고 스파이스맛 피시스낵이라 쓰인 봉지뿐이다. 내 주변의 모든 것이 무채색에 가깝다. 왜 나는 이런 색들을 가까이하는 인간이 된 거죠?

오늘 여자 친구들과 함께 밥을 먹으러 가서 최근 읽은 책에 대해 이야기하다가 백인 남자도 아프리카계 남자도 한국 남자도 희망이 없는 것 같다는 이야기가 나왔다. 어떤 남자가 괜찮은지를 고민하기 이전에 그가 안전한지에 대해(디폴트값인데도 불구하고) 먼저 고민해야 한다는 사실에 일단 좌절하게 되었다. 그때 누군가 말했다. "안전하다는 표식이 있었으면 좋겠어. 그럼 안전한 사람 중에 골라서 만나면 되잖아." 나는 생각했다. 일단 성병 검사 받고 인성 검사 받고 범죄 경력 조회하고 주변 지인들 다섯 명 이상의 인증을 받은 남성에게 바코드 칩을 내장하게 하는 것이다. 그 바코드는 삼 개월마다 갱신해야 한다. 그럼 그를 만나는 사람은 간단히 핸드폰 스캐너로 그가 안전한 남성인지 아닌지 대강은 알 수 있을 것이다. 처음엔 남성들의 반발이 있을지 모르지만 그 인증이 없으면 사회에서 도태되며 연애 근처에도 못 간다는 걸 알고 결국 남자들은 너도나도 스스로 인증을 받으려고 안달하게 될 것이다.

이런 게 실제로 있다면 정말 좋겠다고 생각하다가, 세상에는 늘 비리가 있고 제도를 통해 이익을 보는 나쁜 사람들이 생겨나기 때문에 인증에 통과하지 못했는데 돈을 주고 칩을 이식받거나 칩을 위조하는 블랙마켓이 생기거나 그 시스템을 구축하는 데에 이득을 볼 업체 같은 곳에서 비리를 저지를지도 모르고 많은 사람의 개인정보가 유출될지도 모른다는 생각이 들었다. 결국 우리는 길고 지난한 시간과 노력을 통해 남자 사람을 만나고, 그 남자 사람의 사상을 검증하고, 그 사람이 얼마나 안전할지를 그의 말과 행동을 통해 입증하고 믿어야만(속기 쉽다) 한다. 취향은 그다음 문제이다. 문화를 잘 이해한다거나 내가 좋아하는 영화감독을 좋아한다거나 한 권의 책을 함께 읽을 수 있는지를 비롯하여 외모까지. 이렇게 수고롭다보니 남성을 만나기로 시도한다는 것이 도통 귀찮은 일이 아닐 수 없다. 그러니 연애를 하는 건 기적에 가까운 일일지도 모른다. 잘 지내는 모든 커플이 부러웠다. 나는 혼자 바르게 서는 사람이 되고 싶은데, 그런 것은 그만 부러워하기로 했는데. 나는 어쩜 이렇게 약한 건지.

내가 늘 원했던 건 이해받는 것이었는데, 나도 나를 잘 이해 못하는데 누가 나를 이해할 것인가 싶다. 나는 지금 외롭다. 그리고 외로움으로부터 연애 상대에 대해서로 자연스럽게 이어지는 내 사고의 뻔한 흐름 또한 너무 싫다. 어쨌든 남자 만나면 개고생인 거 빤히 알면서 왜 이러냐고. 정신 차려 제발. 어차피 널 이해할 사람은 아무도 없어. 이 세상에 아무도 없다고.

2030년에 세상이 망하면 좋겠어.

목욕물에 잠겨 물놀이를 하며 아이에게 말했다.
"2030년에 세상이 멸망한대."
"왜?"
"사람들이 지구를 사랑하지 않아서. 지구가 병들어서 더이상 사람이 살 수 없게 된대."
"난 어른 돼서 엄마랑 결혼하고 카레집도 해야 되는데? 어른이 못 된다고?"
아이가 울먹거리며 물었다.
"응."
며칠 전 본 그레타 툰베리의 영상이 생각났다. 너는 인생을 온통 학교만 다니다가 끝내게 될지도 모른다고 나는 아이에게 말할 수가 없었다.
"우리, 네가 초등학교 가면 카레집 할까?"
울음이 가득한 얼굴로 아이는 고개를 주억거렸다. 아이는 늘 나와 함께 카레집을 여는 것이 장래희망이라 하는데 어쩌면 그날이 좀 빨리 올지도 모르겠다. 다들 먹으러 오세요. 꼭. 저는 카레의 천

재입니다. 진짜로요(맛없으면 환불해드림).

아이는 어쩌면 로봇 과학자도 못 되고 우주도 못 가고 혼자 여행을 가보지도 못하고 첫 연애도 첫 데이트도 해보지 못할지 모른다. 이런 지구를 만든 것은 우리 어른들이다(혹은 우리의 부모님들과 그 부모님들의 책임이 더 크겠지만 어쩌겠어, 이제는 우리가 어른인걸). 우리가 책임감을 갖고 환경에 대해 생각하고 노력하기에 이제는 너무 늦었을지도 모른다. 그래도 전 세계인이 함께 힘을 기울인다면 조금 나아지지 않을까? 생각해보니 막막했다. 내가 할 수 있는 일이 뭐가 있을지.

그래서 인터넷도 찾아보고 고민하다가 아이와 내가 할 수 있을 것 같은 일들을 몇 가지 정해 지켜보기로 했다.

1. 쓰레기 덜 만들기. 일회용품 사용 덜 하기.

2. 물 조금만 쓰기. 목욕 일주일에 한 번 주말에 하고 평일에는 샤워하기.

3. (이건 나 혼자 하기로 결심한 건데) 옷 사지 않기. 사게 되어도 굿윌이나 아름다운가게 등의 빈티지 의류 사기(이미 나는 죽을 때까지 입을 만큼 옷이 많다).

4. 재활용품 잘 분리해서 버리기.

5. 음식 남기지 않기. 안 먹을 것 사지 않기.

우선 이 다섯 가지만 잘 지켜보려고 한다. 나는 빨리 죽고 싶지만 그렇다고 해서 내가 지구를 더럽혀도 될 자격을 얻는 건 아니니까. 그런 마음이라면 빨리 죽어주는 게 지구에 이득일 테니까.

코로나19가 지나가면(지나갈까?) 아이와 남은 시간을 더 알뜰하게 써야겠다는 생각도 들었다. 이렇게 열심히 일하는 것도 집도 사고 차도 사서 아이와 더 행복하게 살려는 이유에서인데 십 년밖에 못 산다면 집이고 차고 다 무슨 소용이람. 이제 목표는 카레집 얻기다. 집 사기보다 어려울 것 같아서 걱정된다(집은 일억 모은 다음 남은 금액을 삼십 년 상환으로 대출받으려고 했는데 엉엉).

처음 아이를 낳고 나서 아이를 보며 이 아이는 나보다 더 많은 세상을 보고 여행도 많이 다니며 살겠지, 하고 생각했는데. 코로나19가 시작된 뒤로 생각이 많이 바뀌었다. 전보다 더 해외로 나가 살거나 자유롭게 여행할 기회가 많아질 것 같지가 않다. 어쩌면 인류는 이제 끝나가는 종족일지 모른다.

그리고 가슴 아프지만 그게 옳다는 생각도 든다.

아이를 유치원에 보내고 집에 앉아 잠시 쓴다. 오늘은 입시 설명회 날이라 학부모님들께서 학교에 오신다. 그러니 엄청 선생님 같이 입고 꾸며야 한다. 우리 안의 선생이란 이미지는 대체 뭘까? 원피스에 재킷을 입고 학교에 가면 타과 학생들도 인사를 한다. 티셔츠에 바지를 입고 가면 아무도 인사하지 않는다. 그런데 인사를 받고 싶은 게 아니고요. 늘 티셔츠에 청바지를 입는 남자 선생님들에게는 아이들이 모두 인사를 한다. 그런 게 가끔 좀 이상하다고 여기고 있어요. 내가 어려 보여서 학생인 줄 알았나보다. 그런 생각과 여러 생각이 동시에 들어서 좀 씁쓸하다. 코르셋은 언제 다 벗을 수 있을까? 그래도 될까?

이제 나갈 준비를 해야 한다. 어서 씻으러 가야지.

지금은 학교다. 아이들은 모의 실기를 보고 있다. 오늘의 시제는 '밀가루'다. 나는 시험 감독을 하며 잠시 메모장을 켜 이것을 적고 있다. 아이들이 '눈'이나 '하얀 세상' 같은 것(쉽게 도출될 수 있는 형태적 유사성에 기인한 인식)을 쓰지 않기를 바라며 글을 쓰는 아이들을 지켜보고 있다. 무엇을 쓸까, 골몰하고 있는 이 집중의 순간이 가져오는 침묵은 수업시간 전의 침묵과는 완전히 다른 결을 갖고 있다. 팽팽하고 날이 서 있고 숨쉴 때 허파가 아픈 느낌의 침묵이다. 고산병에 걸릴 것 같다. 그리고 세상에서 가장 빽빽하고 시끄러운 침묵이기도 하다. 나는 희박한 공기 속에서 얕은 숨을 쉰다. 궁금해하면서, 걱정하면서, 기대하면서.

모의 실기도 끝났고 입시 설명회도 끝났다. 집에 와서 아이를 재우고 글을 쓰고 있다. 오늘은 주로 앉아 있거나 안내하거나 설명하는 일 외에 많은 일을 하지 않았는데, 평소보다 힘들다. 기 빨린다는 말이 딱 맞는다. 왜 이렇게 기운이 나지 않는 걸까? 나는 내가 자주 한심한데, 오늘은 복도에서 다른 반 아이들이 내 산문을 읽고 눈물이 찔끔했다고 말하며 나를 조금 놀렸다. 부끄럽기도 하고 고맙기도 했다. 아이들이 내 산문을 읽고 부모님께는 절대 안 보여드렸으면 좋겠다. 선생답지 않다는 말을 들을까봐서.

빛은 못 가는 곳이 없는데, 바람은 높은 곳으로도 훨훨 날아오르는데 나는 점점 어디를 향해 가고 있는 걸까? 나는 무엇이 되려고 이렇게 계속 존재하고 있는 걸까? 언젠가 아이가 내게 했던 질문이 가끔 생각난다. "엄마는 커서 뭐가 되고 싶어?" 나는 웃으며 "엄마는 이제 다 컸어. 뭐가 못 돼." 그렇게 대답했지만 내 인생이 정말 십 년밖에 남지 않았다면 앞으로 나는 두 권의 시집을 더 쓸 수 있을 것 같다. 그것 말고는 무엇을 해야 할지 잘 모르겠다.

문득 오늘 태어난 아기들은 열 살 때 세상이 끝날 수도 있겠구나, 하는 생각이 들어 가슴이 아팠다. 우리는 커서 무엇이 될까요? 환경을 지키며 조금씩 자라나고 싶어요. 앞으로는 고기도 조금만 먹을 거예요. 사랑하는 것들에게 사랑한다고 더 자주 얘기하고 싫은 건 싫다고 분명하게 얘기하는 사람이 되고 싶어요.

습관적으로 메일 말미에 쓰던 말 '평안하고 무탈하시기를 기원합니다'가 얼마나 귀하고 소중한 것인지 요즘은 매일매일 마음으로 깊이 깨닫고 있다. 평안하고 무탈할 수 있다면 나는 무엇이든 할 것이다. 그것은 고요한 행복의 편안함이 아니다. 투지를 불태우며 투쟁해야 얻어낼 수 있는 것이었다. 이제는 그것을 안다.

모두 함께 단결합시다. 전 세계의 동지들이여.

투명 혹은 불투명 가깝고 먼

사랑하는 사람의 얼굴이 망가지는 걸 보는 건 슬픈 일이다. 벌어진 가슴으로 검은 눈송이가 울컥울컥 쏟아지는 풍경은 아름답고 귀가 멀어버릴 것 같은 음악. 꼬리를 문 뱀의 초상. 지워진 밤하늘이 흘리는 비명이겠지.

나는 물에 대해 생각하며 물의 귀에 대해 생각하며 물의 차가운 배꼽을 발로 꾹 밟는다. 그냥 그 감촉을 느끼고 싶기 때문이다. 여기는 잠시 동안 옥상이었다가 사막이었다가 바다였다가 숲이다. 미끌거리는 밤의 소리들은 어쩐지 너무 가깝게만 들리고 나는 머리가 이상해질 것 같다. 내 귀가 말을 하는 것 같아. 누구라도 좋으니 인간을 만나고 싶다. 인간과 이야기를 나누고 싶다. 내가 정상이라는 걸 확인하고 싶다. 터져버린 둑 아래서 휩쓸리는 것들. 뒤섞이고 흔들리는 비린 육체. 몸을 가진 건 정말 비극인 것 같다. 그치.

　나는 뱀이 되어 사막을 기어다닌다. 혀를 날름대며 먹이를 찾아 온종일 뜨거운 모래를 가로지른다. 밤이 되면 이곳은 너무 춥고 나는 인간이었던 때를 떠올린다. 안락한 침대와 따듯한 공기, 시간을 강박적으로 재던 나의 습관을 떠올린다. 나는 그때와 지금 중 무엇이 더 나은 것인지 잘 모르겠다고 그저 존재하는 방식대로 존재하게 될 뿐이라고 체념하듯 고개를 파묻는다. 구덩이.

　모래와 모래
　모래와 모래
　더 깊은

　그래도 더이상 손을 가질 수 없다는 건 슬픈 일인 것 같아. 말을 들려줄 사람도 없지만 말을 할 수도 없어서 혼자 쉭쉭거리며 그저 생각할 뿐이다. 나는 이제 곧 알을 낳을 것이다. 수많은 새끼가 태어날 것이고 금세 흩어질 것이며 나는 조용히 늙어갈 것이다.

*

　투명한 것만으로 세상이 만들어져 있다면 대체 어떻게 살아갈 수 있을까 고민해본 적이 있다. 나는 아마 자주 넘어지고 부딪히며 시달리겠지. 투명은 투명인데 인간들은 투명을 가릴 만한 무언가를 고안해내겠지. 드러내기 위해. 그렇다면 나는 펄럭이는 검은 천 조각이 되어 조심스럽게 걸음을 내디딜 것이고 아파도 상처를 볼 수가 없어서 난감하겠지. 어떤 아주 돈이 많은 사람은 몸을 불투명으로 바꾸는 시술을 받을지도 모른다. 나는 집에 들어설 때마다 벽을 더듬으며, 거기 있니? 나 왔어. 큰 소리로 말할 것이다. 투명하고 고요해 보이는 세상이 실은 엄청나게 시끄러울 것이다.

아이들에게는 아이라는 표식을 달아줄 것이고 어른임과 성별을 의무적으로 드러내야 하는 표식이 있어 그것이 투명으로 인해 생겨난 다른 방식의 구속을 야기할지도 모른다. 나는 밤마다 모두 벗어던지고 복도를 서성이며 답답한 마음을 가라앉히기 위해 애를 쓰겠지. 투명한 지금도 모든 것을 벗어던지고 싶다며 안달을 하겠지. 내 두 손은 점점 예민해지다가 마침내 둔해지게 될 것이다.

그래도 텅 빈 거리를 늘 볼 수 있다는 건 어쩌면 조금 좋은 일일 것 같다. 지금은 모든 것이 너무 많다.

외모지상주의도 사라질 거야.
많은 산업이 사라질 거야.
범죄도 그만큼 많이 늘어날 거야.

*

나는 졸고이기는 하지만 어떻게든 연재를 쉬지 않고 끝까지 마칠 수 있었다는 것에 기쁨과 안도를 느낀다. 종종 주변에서 곧 끝난다는 이야기를 듣고는 기분이 어떠냐고 물었는데, 너무 서운하고 쓸쓸하면서도 속이 시원하다고 나는 대답했다. 산문을 쓰면서 자주 느낀 건 내가 가진 감정들이 지극히 평범하고 사소한 것들이라 부끄러울 때가 많았다는 것이다. 나는 평소에 나를 드러내고 싶어하면서도 드러내기 싫어하기 때문에 시를 쓰는 것이 체질에 잘 맞았는데 산문은 많은 분이 읽고 공감해주셔서 좋긴 하지만 벌거벗은 노출증 환자가 되는 느낌이라 많이 힘들기도 했다. 아마 이 정도의 원고료가 책정되지 않았더라면 이렇게 속을 다 까 보이지 않았을 거라는 생각이 들기도 한다. 결국 나는 아주 적극적으로 내 불행을 팔아치운 셈이고 그것은 영원히 나를 따라다닐 것이다. 그렇게 생각하면 참으로 저렴한 불행인 것이다. 그렇지만 지금같이 불안정한 코로나19 시대에 집에서 글을 쓴다는 것만으로 이만큼의 수익이 보장된다는 것은 내게 주어진 행운이기도 하다.

아이와 함께 지내면서 몇 달 동안 돈 걱정 없이 팔자 좋게 지내 참 다행이었다.

앞으로는 뭘 해서 추가 소득을 만들면 좋을까?(아이디어 있으신 분 협업 제의 기다립니다.)

산문 쓰는 데에 공력을 모으고 싶기도 하고 무슨 말을 해야 할지 아득한 마음에 한동안 SNS를 잘 하지 않았는데, 이제는 열심히 다시 하고 싶기도 하고 영원히 지워버리고 싶기도 하다. 나는 누군가 내게 기대하는 것을 열심히 수행하며 살고 싶지 않다. 뭐든지 제멋대로 하며 살고 싶다. 그런 내 모습에 내가 사랑하는 사람이 실망한다고 해도 더이상 어쩔 수 없다. 나는 다른 사람의 기대에 나를 맞추기 위해 너무나 나를 지우며 살았고 그런 일에 진력이 났으니까.

어렸을 때는 종일 아빠가 때릴까봐 무서우면서도 아빠가 잘해주면 너무 좋아서 눈치만 보고 살았던 것 같다. 아빠는 늘 내게 '너는 절간에 가서도 새우젓을 얻어먹을 아이'라고 칭찬을 했고 나는 그게 얼마나 기뻤던가? 지금 생각하면 참으로 끔찍한 일이 아닐 수 없다. 그후에는 전남편에게 사랑받고 싶어서 늘 눈치보고 조바심치며 살지 않았나? 나는 그런 나를 잊고 끊어내고 지우고 싶은데 당신은 내가 변했다고 왜 자신에게는 그렇게 하지 않느냐고 분통을 터뜨리곤 한다. 나는 이제 그렇게 살지 않기로 했으니까. 나도 내가 누구고 무엇인지 모르겠지만 그걸 생각하고 고민하며, 나를 발견해나가며 자유롭게 살고 싶으니까. 내 마음은 그렇다.

*

남들 다 본 〈82년생 김지영〉 영화를 이제야 보았다. 공유가 연기한 캐릭터가 너무 착해서 짜증이 났다. 물론 공유도 문제가 있긴 하지만 정도의 차가 너무 크다. 부인 생각하고 챙기는 마음씨가 너무 크고 곱잖아? 진짜 현실을 영화에 반영했으면 큰일났을 거다. 전남편이 공유만큼만 됐으면 이혼 안 했을 것 같다.

정유미가 연기를 너무 잘해서 소름 돋았다. 극 중에서 그런 대사를 한다. "갇힌 것 같아요. 사방을 둘러봐도 벽이고, 애초에 출구가 없다는 생각이 들어요." 내가 영화 〈룸〉을 보며 왜 그렇게 가슴이 미어지고 내 얘기 같았는지. 천장에 난 한 칸짜리 창문을 올려다보는 브리 라슨의 눈빛을 왜 그토록 잊지 못했는지. 그녀는 납치, 감금되어 범죄자의 아이를 낳고 갇혀서 살고 있고 나는 그냥 애 낳고 집에 있는 것뿐인데 왜 주인공과 내가 그렇게 겹쳐 보이던지. 아카데미에서 상을 아주 많이 받은 제 인생 영화 중 하나이니 안 보신 분들은 꼭 보세요. 대신 보고 나면 후유증이 있을 수 있습니다.

브리 라슨은 룸에서 나와 캡틴 마블이 되지요. 참 좋아요.

저는 아직 드라마 〈비밀의 숲〉 시즌2를 보지 않았어요. 온 정신을 집중하고 커다란 거실 티브이로 각 잡고 보려고 기회를 노리고 있는데 제게 기회가 오지를 않아요. 오늘 이 글을 빨리 마무리하게 된다면 다 쓰고 〈비숲〉을 보고 잠들고 싶어요. 어쩐지 지금 시계를 보니 가능하지 않을 것 같다는 생각이 들지만. 조금 무리해도 좋을지 몰라요. 어쩌면 오늘밤은요.

얼마 전에 누군가 제 얼토당토않은 꿈 이야기를 재미있다고 해주신 분이 있어 최근 꾼 연예인 꿈을 말씀드리자면 저는 꿈에서 손호준과 예대를 같이 다니는 CC였어요. 저는 문창과, 손호준은 연기과 혹은 영화과였던 것 같고요. 손호준이 기차에서 촬영을 한다기에 몰래 승객인 척 기차에 따라 탔어요. 깜짝 놀래주고 싶기도 하고 연기하는 모습을 보고 싶기도 했거든요. 그런데 촬영을 하다 쉬는 시간이 되자 그가 몰래 와서 제게 뽀뽀를 해주었어요. 너무 두근거리고 설렜지요. 그후 저는 하루종일 손호준에 대해 찾아보고 글쓰는 틈틈이 유튜브에서 영상을 보았습니다. 그의 공개된 모든 정보를 캐내고 나중엔 넷플릭스에 이름도 검색해보았지요. 〈우리, 사랑했을까〉라는 작품이 올라와 있더라고요. 그때부터 하나씩 차에서 소리로 보면서 행복한 등하굣길을 만들어가고 있어요. 제 꿈 내용하고 겹치는 부분이 있는 것 같아서 더 재미있더라고요. 단지 제가 송지효가 아닐 뿐(눈물). 왜 전혀 내 타입도 아니고 관심도 없었는데 꿈에서 뽀뽀를 했다는 사실만으로 이렇게 많은 관심이 생기는 걸까요? 약간 '덕통사고' 난 느낌이었지만 저는 학창시절 이후에 연예인을 깊이 좋아한 적이 없어요. 이것도 한순간 지나가겠지만 아무튼 그런 꿈을 꾸고 두근거려서 기분이 좋았답니다. 손호준 배우님, 이것을 읽을 일은 없겠지만 연기 잘 봤고 역할이 작가여서 더 눈여겨봤는데 글은 한 글자도 안 쓰시더라고요. 맨부커상도 받고 뉴욕 타임스가 선정한 올해의 소설에도 들어가고 592만 부나 팔린데다 할리우드 진출에 빛나는 얼굴 없는 소설가 캐릭터 너무 잘 봤고요. 너무 말도 안 되고 연기도 어설퍼서 재밌게 보고 있습니다. 앞으로 행보 응원하겠습니다. 물론 대본을 배우가 쓰진 않으니까 캐릭터가 말도 안 되는 건 배우님 탓이 아니겠지요. 근데 현실 웃음 터지고 그래요. 아무튼. 파이팅.

*

　코로나19가 재확산되고 있다. 백 명 이상에서 많으면 삼백 명 가까이 확진자가 나오고 있다. 검사를 거부하는 사람들이 퍼트리고 다니는 것까지 감안하면 얼마나 많은 사람들이 더 바이러스에 걸릴지 알 수 없는 상황이다. 나는 아이를 키우고 학생들을 가르치는 입장에서 너무 두렵고 겁이 난다. 아이가 코로나19에 걸려서 격리를 해야 된다거나(그럼 아이는 누가 어떻게 돌봐주지. 어린데 얼마나 무서울까) 내가 코로나19에 걸려 학교가 폐쇄되는 상상을 많이 한다. 곧 대학 입시를 치를 아이들이 나 때문에 학교에도 오지 못하게 되면 어쩌지. 내가 격리되면 아이는 누가 돌봐주지. 집회를 연 일부 교회 사람들도 문제지만 그 집회를 허가해준 국가의 권력자 집단들도 문제다. K-방역은 대체 어디로 간 걸까? 너무 자주 코로나19 얘기 하는 것 같아서 눈치 보이긴 하지만 지금 내게 코로나19는 먼 나라 먼 곳의 남의 이야기가 아니다. 너무나 가까이 와 있는 공포이다. 얼마 전에는 전남편 회사 동료가 확진 판정을 받아 전남편이 음성 판정을 받고 이 주간 집에서 자가격리를 하기도 하였다. 한동안 파주 일산은 안전하다고 믿는 마음이 조금은 있었는데 이제는 그렇지도 않다. 아이들이 등교를 하지 않아야 한다고 생각하는 마음 한편에는 온라인 수업과 육아를 병행해야 한다는 두려움도 있다. 나는 결국 엄마에게 의지하게 될 것이고, 지금도 자주 집에 와서 집안일을 해주고 도움을 주는 엄마에게 또 큰 짐을 떠안게 하고 말 것이다. 그런 비빌 구석이라도 있다는 게 다행이긴 하지만 그런 일은 절대 일어나서는 안 된다고 생각한다. 나는 요즘 유난스럽게 마스크를 쓰고 손을 닦고 손 소독을 한다. 그것만이 내가 할 수 있는 최선이기에.

신기한 점은 아이가 어른인 나보다 마스크에 잘 적응한다는 것이다. 어렸을 때부터 황사 속에 키우며 마스크를 한 탓인지 이제 밖에 나갈 때 마스크를 하는 건 옷을 입는 것처럼 당연한 일로 받아들이며 심지어 가끔 아이는 집안에서도 마스크를 쓰고 있다. 답답하고 불편하지 않으냐 물으니 전혀 그렇지 않다고, 그런데 오래 착용한 날에는 마스크에서 음식물쓰레기 냄새가 난다고 했다. 코로나19 이후에는 유치원 양치 시간이 사라졌다고 한다.

옷을 벗고 있으면 오히려 이상하고 불편한 것처럼 마스크를 하는 것에 너무나 익숙해진 모습이 어쩐지 짠하다. 공기 좋고 바이러스 없는 곳에서 신나게 뛰어놀던 내 유년과 아이의 유년이 너무나 다르다. 그리고 우리는 코로나19 이전으로 갈 수 없기 때문에. 지금도 바이러스가 변이되어 더 강력한 바이러스가 나타나고 있으며 완치 판정을 받은 후에도 후유증을 앓는 사람이 많다. 나는 이 바이러스가 지나간다고 해도 결국 변이된 또다른 바이러스가 올 것이라고 생각한다. 코로나19가 사스 바이러스의 변이이듯 코로나19의 변이 바이러스도 또 생겨나 더더욱 널리 퍼질 것 같다는 불길한 예감이 떠나지 않는다. 인류가 너무했지. 그렇지.

동물에게 코로나19가 전파된다는 것은 아직은 증명되지 않았다고 한다. 다행이다. 인간이 모두 사라진 지구에서 동물들은 잘 지낼 것이다. 나는 자꾸만 마거릿 애트우드의 소설 『미친 아담』 삼부작이 생각난다. 전염병으로 모든 인류를 지구에서 제거하고, 새로운 인류를 남기고자 했던 미친 과학자의 이해 가능한 충동. 이것이 물 없는 홍수가 아니라면 무엇이 물 없는 홍수겠는가?

*

　사랑하는 사람의 얼굴이 실망으로 일그러지는 걸 보는 건 기쁜 일이다. 벌어진 눈으로 빨간 비가 세차게 쏟아지는 풍경은 어둡고 창백하며 불과 같은 음악. 허물 벗은 흔적의 투명. 가득찬 밤하늘이 분수처럼 솟아오르는 기적에 가까운 손이다.

　나는 불에 대해 생각하며 불의 입에 대해 생각하며 불의 뜨거운 배꼽에 발을 밀어넣는다. 녹아내리고 싶기 때문이다. 여기는 잠시 동안 기둥이었다가 호수였다가 댄스홀이었다가 의자다. 거친 밤의 소리들은 어쩐지 너무 멀게만 들려 머리가 깨끗해지는 기분. 침묵이 찰랑이는 불 같아. 누구라도 좋으니 인간을 죽이고 싶다. 인간의 입을 틀어막고 싶다. 내가 비정상이라는 걸 말하고 싶다. 댐 아래로 쏟아지는 파란 불. 뒤섞이고 흔들리는 몸 없는 것들. 몸을 가진 건 정말 행운인 것 같다. 안 그래?

　나는 네가 되어 아스팔트를 기어다닌다. 온종일 팔차선 도로를 가로지르며 수없이 되죽는다. 아침이 되면 이곳은 너무 밝고 나는 인간이었던 때를 떠올릴 수 없다. 기울어져가는 벽들과 습한 공기, 머리카락을 뽑던 습관을 떠올리지 않는다. 나는 그때와 지금 중 언제가 더 나은지 잘 알겠다고 그저 존재하는 방식대로 존재할 수는 없다고 고개를 파묻는다.

　더 깊은
　춤
　춤과 춤

　더이상 손을 가질 수 없다는 건 기쁜 일인 것 같아. 말을 들려줄 사람도 없지만 말을 할 수도 없어. 나는 이제 곧 부활할 것이다. 금세 죽을 것이며 나는 자꾸만 다시 태어날 것이다.

'악한 여성'은 어떤 방식으로 다루어지는가

나는 악한 여성에 대한 이야기를 쓰기로 했다. 여러 여성들의 사건도 꼼꼼히 살펴보았고 친구의 추천으로 영국 드라마 〈킬링 이브〉도 짬짬이 보았다. 레일라 슬리마니의 『달콤한 노래』의 보모 루이스의 살인에 대해서도 생각해보았다. 〈친절한 금자씨〉의 금자의 복수를 복기해보았으며, 앞선 이야기들에 비해 조금 가볍게 생각될 수 있지만 〈악마는 프라다를 입는다〉의 '미란다(메릴 스트립 분)'도 떠올려보았다. 미디어 혹은 텍스트의 자장 내에서 여성은 어떤 방식으로 악을 전유하는가? '악한 여성'이라는 말은 어쩐지 괴이쩍은 구석이 있다고 나는 느꼈다. '잘못 놓인 여성'은 가능하지만 천성이 악한 여성은 가능하지 않다는 것이 통념이고 뿌리깊은 편견이라는 생각에 도달하였는데, 어째서 그럴까? 왜.

내 문제는 여성들이 왜인지 전부 이해가 된다는 점이다. 나는 무엇이 그들을 그토록 차갑고 잔인하게 만들었을지 알 것만 같아. 그리고 그들에겐 모두 전사前事가 있고 그것들은 더더욱 그들에게 손쉽게 다가가도록 해. 이것이 과연 '나'의 문제인가? 여성 서사의 문제인가? 일단 텍스트에서 여성 서사를 어떤 방식으로 다루고 있는지에 대해 좀더 고민해볼 필요가 있다고 생각했다. 이 또한 하나의 프레임은 아닌지, 여성에게 덧씌워진 그 흔해빠진 관용어 '성녀 혹은 악녀' 속에서 단지 소비되고 있는 것은 아닌지, 이미 다른 똑똑하고 멋진 사람들이 많이 했을 생각을 나는 뒤늦게 하고 있는 것 같은데, 나라서 가능한 생각이 있으면 좋겠다고 바라면서 곰곰해졌다.

그때 네 목을 그은 건 단지
그때 너를 난간에서 밀어버린 건 단지
끝끝내 웃으면서 노래를 부르고 숲과 바다를 걸어다니고 멀리까지 다녀온 것은

벚꽃 같다 그 이미지는
아름답고 기이한 것을 보며
홀려버려서
시체가 묻혀 있을 거라고
철석같이 믿어버리는 마음은

싫다

　최근 베스트셀러이자 화제작인 『가재가 노래하는 곳』『엘리너 올리펀트는 완전 괜찮아』 같은(모두 리즈 위더스푼이 판권을 사 영화화하기로 한 닮은꼴의 두 소설!) 서사는 사회에서 소외되었던 특수한 이력을 가진 여성이 사회로 재편되는 과정을 다룬 것들이다. 여성의 성장을 다룬 텍스트에서는 여성이 어떻게 그려지고 있는가? 카야 또한 체이스를 살해했으니 여성 악인이라고 부를 수 있을까? 왜 두 소설의 주인공인 카야와 엘리너는 남성 조력자를 통해 성장하는가? 자신을 파괴하는 것도 악의 일부일까. 내면으로 향하는 분노, 드러나지 않는 분노는 악의 영역으로 수렴될 수 있는가.

　우리는 '갈가리 찢어버려도 분이 풀리지 않는다'는 말을 하곤 한다. 한국에만 존재하는 기이한 병인 '화병'이라는 것은 흔히 여성의 질병(미심쩍은)으로 분류된다. 그렇다면 여성들은, 이 세계의 여성들은 왜 분노하고 살인하는가? 살인을 해야만 악인인가? 실행되지 않은 악은 악의 범주에 속할 수 없는가(다시 같은 질문으로의 회귀)? 그렇다면 일단 악인의 필수 조건을 다시 생각해봐야 한다. 생각할 가치도 없이 너무나 선명하게 나쁘다는 판단이 드는 부류는 주로 남성의 악인데, 여성의 악은 너무나 사회적이고 복합적이며 억압되어 있다.

살인을 하지 않은 자도 얼마든지 악인일 수 있다는 걸 우리는 이미 알고 있는데(예를 들면 최근 나를 가장 아프게 한 최종범은 분명 악인이라고 생각한다. 엘리베이터 앞에서 무릎 꿇고 빌던 작은 몸이 자꾸 떠올라 너무나 괴롭다), 그렇다면 그 반대는—헌법의 영역이 아닌 마음과 문학의 영역에서—악인이 아니라는 판단도 충분히 가능한 것이 아닌가. 카야가 체이스를 살해한 일에 대해 누가 카야를 손가락질할 수 있는가? 금자가 복수를 꾸민 일을 두고 영화를 관람한 사람들이 금자가 나빴다고 하는 경우를 본 적이 있는가? 미란다가 한 패션잡지의 편집장으로 얼음장 같은 성격을 갖게 된 것을 누가 비난하고 나쁘다고 할 수 있는가?

길에 소주병을 들고 앉아서 지나가는 행인들을 향해
삿대질을 하며 소리지르는 늙은 여자들을 종종 볼 때
(사람들은 미친년이라고 한다)

나는 그들의 알아들을 수 없는 험한 욕지거리 안에서 그 이상을 보곤 한다.
나는 그들의 구겨진 몸과 동그란 눈 안에서 나를 볼 때도 있다.

거기에는 배수아의 「푸른 사과가 있는 국도」의 사과를 파는 여성을 보던 주인공의 마음 같은 것과 유사한 구석이 있다.

미래를 목도하는 현재의 길게 늘어진 검은 실 같은.

결국 여성에게는 분노할 만한 충분한 이유가 늘 존재한다. 그러한 사실이 지긋지긋하다. 왜 텍스트 안에서 다뤄지는 여성은 이유 없이 살인을 하고 사람을 때리면 안 되는가? 도무지 어떤 인과를 싫어하는 나는

내가 영화 시나리오나 소설을 쓴다면

예쁘지도 날씬하지도 않은
젊고 활력 있지 않은
(예쁘고 젊은 여성 킬러는 뻔하니까)

나무 같은 여자가
(나무야 미안)

오래오래
피 묻은 칼을 씻는 장면으로 시작할 것이다.

불길한 눈동자를

바라보지 않을 수 없도록
오래오래
클로즈업할 것이다.

단지 성별만 치환한 여성 살인마의 이야기가 아닌
지루하고
숨막히는

이야기를 만들어낼 것이다.

그녀에게는 술주정뱅이 아버지도
집을 버리고 떠난 어머니도
폭행을 일삼는 남편도 없을 것이다.

그녀는
고요하고
투명하게 자기 자신일 것이다.

그 이야기를 어떻게 만들지 지금은 솔직히 잘 모르겠다. 어쨌거
나 꼭 그렇게 할 것이다(이 글을 만약에 여성 연출자가 읽는다면
먼저 그런 것을 만들어주면 좋겠다). 불행해서, 가난해서, 학대받

고 사회로부터 외면당해서 살인을 한다면,

오늘밤 세계 대부분의 사람들이 칼을 들고 총을 들고 도끼를 들고 거리로 쏟아져나올 것이고 일주일 이내로 인간이라는 종은 사라져버릴 거다.

그러니 그런 인과는 없어도 충분하다.

빌라넬. 나는 〈킬링 이브〉의 빌라넬에게 매혹되었다. 아름답고 똑똑하고 천진한 살인마. 사랑하는 것은 결국 죽여버리고 마는 비틀린 빌라넬. 우리 세계가 다룰 수 있는 여성 서사의 한계점이자 나아갈 방향인 빌라넬. 누군가를 죽이는 것이 직업인 빌라넬. 그러한 그녀에게도 아픈 과거가 있음을 암시하는 부분이 아쉬웠고, 나는 결국 그녀가 무언가 해결 불가능한 갈증에 끝없이 시달리고 있음을 읽어낼 수 있었는데(많은 쓸모없는 명품 옷과 낭비벽의 소유자로 그려지는 부분, 저녁을 함께 먹자고 청하는 방식의 서투름, 관심 받고자 애쓰는 아이 같은 모습), 그건 사실 몹시 애석한 일이었다. 나는 빌라넬과 그녀의 연결책인 늙은 러시아 남자의 관계에서 영화 〈레옹〉을 떠올리지 않을 수 없었는데 어째서일까? 그리고 그런 멋진 킬러를 조종하는 것은 결국 기득권 남성들의 일이라는 것. 세상에서 지워진 한 여성을 이 세계가 다시 어떻게 도구화하는

지를 선명하게 보여주는 방식은 끝내 의문이 남는다.

이 원고를 쓸 거라고 친구에게 말했을 때 친구는 가장 악한 것은 결국 시스템이라고 했다. 나도 동의하는 부분이다. 그런데 그건 너무 거대한 말이라서 마치 '세상이 이 모양이라서 어쩔 수가 없어' 같은 면이 있다. 시스템을 무너뜨리는 것이 가능한가? 이 공고한 시스템을 우리는 어떻게 무너뜨릴 수가 있지? 나는 흰개미를 생각했는데 흰개미가 나무를 갉아먹어서 목조계단을 망치듯이 아주 오래 천천히 잠식해들어가고 싶다고 생각했다. 어디서 들었는데 미드 〈CSI〉에서 여성 수사관이 등장하기 이전에는 실제로 CSI에 여성 수사관이 전무했다고 한다. 근데 그 드라마를 보며 성장한 여성들이 많았고 지금은 이전보다 여성 수사관의 수가 훨씬 많아졌다고 한다.

물론 여성 서사를 통해 여성이 더 쉽게 살인이나 악행을 저지를 수 있게 해야 한다는 이야기는 당연히 아니다. 교도소에 수감된 여성 살인자들은 대부분 학대를 당하던 여성들이고 살인의 대상은 남편이라는 기사를 읽은 적이 있는데, 나는 앞서 말한 '화병'의 근원을 서서히 없애고 싶다는 생각을 했다.

나 같은 경우를 보면 한국예술인복지재단에서 제공하는 상담 및 검사를 받아본 결과 인내가 99점 분노가 98점(정확하지 않을 수 있지만 그런 식이었다)이라는 결과를 받았다. 분노를 인내로 누르며 살고 있다는 뜻이다. 일상생활 안에서 좀더 자연스럽게

'화'를 표출하는 방법을 배웠다면 나는 인내심으로 분노를 억누르지 않아도 되었을 것 같은데, 나는 화를 못 내는 사람이고 화를 낼 줄도 모른다. 어떻게 해야 건강하게 화를 낼 수 있는지도 잘 알지 못해서 한번 화를 내면 폭발해버리고 만다.

화내는 남성은 자연스러운데
화내는 여자는 히스테릭하고 미친 여자 취급을 받는다.

내면화된 억압을 봉인 해제하는 방법은 아직도 잘 모른다.

알 사람은 다 알겠지만 나는 최근에 이혼을 했다. 나는 이것을 숨기지 않으려고 한다. 당연히 숨길 필요가 없는 일인데 왜 그런 얘기를 하지? 하고 생각하는 사람들도 있겠지만, 나는 아이가 있는 여성이다. 혼자 아이를 키우는 것이다. 유치원에 가서, 학교나 출판사에서 수업을 하면서(수업을 듣는 사람들은 대부분 나보다 어린 여성인 경우가 많다) 나는 이혼을 하였다, 나는 혼자 아이를 키운다, 라고 말하는 건 내가 너무 솔직한 사람이라서 그런 부분도 없지 않아 있겠지만 한편으로는 보여주고 싶기도 하다. 이혼한 여성도 세상에 있고, 잘살 수 있다는 것을. 그런 전례를 보지 못했던, 혹은 어머니가 쉬쉬하듯 소문을 물어나르며 '누구는 이혼했다더라' 같은 방식이 아니라, 당당하고 자연스럽게 말하고 싶다. 그런 가까운 사람을 보고 자란 사람은 훗날에 다를 거라고 생각하니까. 순진한 생각일지 모르지만 그렇게 믿고 싶다.

왜 악한 여성에 대해 이야기하다가 이혼 이야기를 하는지 이상하다고 생각하는 사람들도 있을 것이다. 내가 하고 싶은 말은 이것이다. 우리는 너무 적은 수의 패턴화된 여성만을 보고 읽으며 자랐고 현재도 그러한 것은 아닌가? 현실에서도 텍스트 안에서도 더 다양한 외모와 성격의 여성을 만날 수 있다면 단지 그것이 영화나 드라마, 그리고 문학뿐 아니라 실제 여성의 삶에도 영향을 끼칠 수 있지 않을까? 난 그런 이야기를 하고 싶었다. 지금도 충분히 많지만 더 많아져야 한다. 악한 것이 시스템이고 그 시스템 안에서 생산되는 이야기들이 그런 식일 수밖에 없다면 결국 달라져야 하는 건 내용이 아니라 그 내용을 담는 그릇이 되어야 하기 때문이다.

우리가 악한 여성에게 매혹된다면 그건
그가 주변 따위 신경쓰지 않고
자기가 살고 싶은 대로 살기 때문이다.

나는 그런 이야기를 더 만나고 싶다.

안녕은 영원한 헤어짐은 아니겠지요

태풍이 온다. 바람이 불고 비가 내린다. 밤새 사나운 바람이 불었다. 현관문이 철컹거리는 소리가 꼭 노크 소리 같아 몇 번이나 잠에서 깼는지 모른다. 두려움이 커튼처럼 부풀어오르는 소리. 빗방울이 흩어지며 난간을 치는 소리. 국기게양대 아래서 바람 불던 날 듣던 성가시게 깡— 깡— 하고 끝없이 울리던 소리가 생각난다. 나는 나와 아이의 안위를 걱정하며 얕은잠 속에서 비를 뚫고 달린다.

나는 또 나의 게으름과 성실함을 마음속으로 저울질하며 쓴다. 오늘은 방학이라 학교에 가지 않았다. 책을 읽고 시집 원고를 다시 정리하고 산문을 쓰고 있다. 그러나 다음주에 개학이라 실제로 수업을 하지 않는 날은 하루뿐이다. 등교 정지에도 고3은 예외다. 사백 명 이상의 확진자가 나와도 별수없다. 이전에는 삼사십 명으로 개학이 연기되고 온라인 수업을 했는데, 교육부는 대수능의 일정이 조금이라도 틀어져 자신들의 직무가 늘어나는 것이 끔찍하게 싫은 게 분명하다.

다시 앉았다. 어떻게 하면 글쓰는 일의 능률이 높아질까 늘 고민하는데 아무래도 시간 대비 가장 많은 결과물을 내는 것은, 몸은 힘들지라도 책상에 앉아서 쓰는 일인 것 같다. 예전에 수업시간에 핸드폰으로 시 써오기 수업을 한 적이 있는데(책상에 앉아 쓰는 대신 어떻게 노트북에서 벗어나 자유롭게 누워서, 버스에서, 지하철에서도 글을 쓸 수 있을까 고민 끝에 해본 실험이었다) 한 학생이 말했다. "전 원래 핸드폰으로 쓰는데요?" 나는 핸드폰과 스마트폰과 너무 늦게 만나 그랬지, 지금 세대는 이미 그러한 방식이 더 익숙하고 수월한(연습이 필요치 않은) 것이다. 내가 육십이 되어 젊은 시인들을 보면 다들 그렇게 원고를 쓰고 있을지도 모르겠다는 생각이 든다.

우리집에서는 우렁이를(다슬기일지도) 수십 마리 키우고 있다(다 헤아릴 수 없을 정도로 많다). 아이와 함께 도림천에(그곳에는 거대한 잉어들이 살고 송사리도 살고 오리도 살고 왜가리도 살고 아무튼 많은 것들이 산다) 가서 이 년 전에 두 마리를 잡아온 것으로 시작해 이제는 큰 수조에 우렁이를 키우고 있다. 나는 한가할 때는 수조 옆에 누워 한없이 우렁이를 보고 있는다. 방금은 수조를 청소해주고 새 물을 넣어준 뒤에 먹이를 주었다. 작은 입이 오물거리며 먹이를 아주 천천히 먹고, 아주 느리게 기어다니는 것을, 왜 한없이 보게 될까? 왜 질리지도 않는 걸까? 이런 기쁨에는 어떤 이름을 붙여야 할까? '느림보기쁨? 가만히보기기쁨? 마음의안정 우렁이요법?' 확실히 이 장면을 보며 멍하니 있는 건 내 정신건강에 좋다. 수조 속에 있는 우렁이들이 안쓰럽다가도 부럽기도 대견하기도 하다. 너무 여러 가지 생각이 드는데 우렁이를 대상화하는 것 같아서 쓰려다 만다. 그런데 대상화 없는 글쓰기가 가능한가? 그렇다보니 이젠 오직 스스로를 대상화하는 방법밖에는 남지 않은 것 같기도 하다. *안녕? 내 친구 은선이랑 인사해. 은선이는 오늘 밥을 먹고 책을 읽고 누워 있고 원고를 정리하고 글을 쓰며 지냈대. 참 재미없는 친구야. 그 친구는 대상화될 매력이 없지.*

얼마 전 통장을 보니 전세자금대출을 받으며 의무적으로 만든 적금통장에 백만원이 들어 있었다. 벌써 이 집에 산 지 십 개월이 된 것이다. 이십사 개월이 되면 어떻게 해야 할까? 전셋값이 오르지는 않았는지 부동산 앱에 들어가 실거래가를 찾아본다. 아무래도 나는 약간 사기당해 들어온 것 같다. 내가 전세를 얻을 때보다 다행히 실거래가가 낮다. 그런데 전세가 귀하긴 한가보다. 매물이 하나도 없다. 단 하나도. 그러다보면 부르는 게 값이 될 것이다. 불안하다. 요즘 집값이 너무 올랐다. 아이는 지난 주말에 아빠 집에 다녀왔는데 다녀와서 자꾸 "집에 오니까 너무 좋다!" 하고 외쳤다. 기분이 좋기도 하고 아무리 아빠 집이라도 자기가 사는 집이 최고겠거니 싶어 "집이 제일 편하지?" 하고 되물으니 아니란다. 아빠 집이 조금 더 편하단다. 나는 의기소침해서 "왜?" 물었다. 아이는 눈치가 빠르다. 말하기 싫다고 한다. 그러더니 조금 후에 "아빠 집은 화장실도 두 개 변기도 두 개 이선이 게임방도 있고 넓어!" 하고 말한다. 속이 상해 전남편의 집을 네이버 부동산에 검색해보았다(한 번도 가본 적 없음). 그런데 예전에 검색해봤을 때보다 집값이 올라 있다(걔는 매매하고 나는 전세함). 속이 쓰리다. 그러다가 뭐, 그래도 가난한 아빠보단 부자 아빠가 낫지, 하고 위안으로 삼는다. 옛날에 결혼생활할 때 간밤에 미드를 보다가 부부 상담을 받는 장면을 보면서 "너는 내가 영원히 네 옆에 있을 거 같지?" 하고 물은 적 있다. 언젠가 헤어지게 되더라도 최선을 다해주겠다고, 잘살 수 있게 최선을 다해 도와주겠다고. 그렇게 말했던 전남편의 말이 생각났다. 사억육천에(정확하게 기억 안 남. 내 돈이 될 게 아니라서) 집을 팔고 아이를 데리고 나가 살 내게 재산분할로 오천만원을 준 전남편을. 2008년부터 뒷바라지하고 자취방 가서 집안일해주고 냉장고를 채워주고 전기세를 내주고 카페 알바한 돈을 모아 밀린 카드값을 빌려준 나를. "내가 당신을 알고 지내고 보살펴준 세월이 얼만데?" 따져 묻는 내게 "재산분할은 결혼 생활만 반영되는 거지"라고 싸늘하게 말하던. 오천만원을 주고 아이와 나를 내보낸 전남편. 십 년 동안 가장 친한 친구였던. 태어나서 가장 사랑했던 사람이 내게 어떻게 했는지. 이젠 잊어버려야겠지요? 지금도 우리는 꽤나 친한 친구처럼 지낸다. 서로 아이를 위해 그게 편한 일이라는 걸 깨달았기 때문이다. 그런데 가끔은 지독히도 미운 것이다.

지난주 토요일엔 집에 친구가 놀러왔다. 이선이가 없어서 자고 가기로 했다. 나는 그에게 세븐일레븐에 가서 L와인을 화이트로 사오라고 부탁했는데(엄청 싸고 가격 대비 맛이 좋아요) T로 시작하는 레드와인을 사 왔다(이름 기억 안 남). 나는 화이트와인을 차갑게 해서 마시는 걸 좋아하는데 그건 캐럴라인 냅의 산문집 『드링킹, 그 치명적 유혹』을 읽고 생긴 버릇이다. 그 에세이를 읽고 술을 끊으려고 했는데 그걸 읽고 새로운 술 취향을 하나 얻게 된 셈이다(근데 산문 완전 재밌고 완전 좋으니 님들도 꼭 읽어보세요. 같이 화이트와인의 세계로 떠나요). 아무튼 잘못 사 온 와인을 갖고 계속 친구를 놀리며 나는 광어와 연어를 시켰다. 나는 이런 밤이 너무 오랜만이어서 좋았다. 타인과 함께 마시며 웃고 떠드는, 아이를 걱정하지 않아도 좋은 온전히 혼자만의 밤. 한 달에 한 번 주어지는 시간. 우리는 와인을 마시다가 술이 부족하다는 생각이 들었다. 그래서 냉장고에서 소주를 꺼내 마셨고 그것마저 거의 다 마셔갈 무렵 아직 우리의 밤은 끝나지 않았다는 생각이 들었다. 얼른 신발을 꿰어 신고 편의점으로 향했다. 파워에이드, 빼빼로, 육포, 소주, 사케 등등 이것저것 가득 사서 돌아오다가 우리는 계단에서 어떤 여자와 스쳤다(그땐 별로 눈여겨보지도 않았고 크게 관심을 두지 않았다). 우리집은 에어컨이 없어서 우리는 현관문을 열어 방충망을 쳐놓고 선풍기를 틀어놓았다. 우리는 또 부어라 마셔라 신나게 놀며 여행 이야기를 많이 했다. 둘 다 장기 여행을 좋아하고 같은 나라들을 여행해보았기 때문에 여행 이야기를 하자면 하루가 부족했다. 그때 누가 방충망을 쾅쾅 두들겼다. 나는 아뿔싸 우리가 너무 시끄러웠구나 생각하며 현관문 쪽을 내다보았는데, 현관 밖 센서등의 역광에 검은 그림자가 어른거렸다. "무슨 일이세요?" 묻자 그 여자는 거두절미하고 우리를 향해 "제 전자담배 주워 가지 않으셨어요?" 하고 말했다. 일단 무슨 수로 우리집을 찾아낸 건지 너무 이상했고, 우리는 전자담배의 ㅈ도 보지 못했는데 무슨 확신이 저렇게 대단한가 싶었다. 그 여자가 돌아간 뒤에 우리는 귀신인 줄 알았어! 진짜 무서웠어! 하고 이야기를 나눴다. 새벽 한시였다.

종종 술에 취했다가 깨어나면 지난밤의 일이 모두 꿈같을 때가 있다. 그날이 그랬다. 나는 완전 까먹고 있었는데 착실히 아침에 일어난 친구가 말했다. "기억나? 어제 그 여자?" 나는 아, 그 여자 기억나지 하고 대답했는데 "그후에 우리 그 여자 찾아서 온 아파트를 돌아다닌 것도 기억나?" 하고 친구가 말하자 갑자기 주마등처럼 기억이 머릿속을 휙 지나갔다. 그 여자가 가고 나서 내가 그 여자 아무래도 이상하다, 진짜 귀신인지도 모른다. 그 여자가 어떻게 알고 우리집을 찾아왔겠냐 너무 이상하지 않냐 아무래도 우리가 그 여자를 찾아봐야 할 것 같다고 취해서 우기는 바람에 우리는 핸드폰 빛을 플래시 삼아 각층을, 그 여자를 찾아 엄청 진지한 탐정처럼 "그 여잔 여기 없어" 이러면서 복도를 휘젓고 다녔다고 한다. 글로써보니 참으로 평평한 얘기 같지만 그때 우린 세상 누구보다 진지했고 모험을 떠나는 사람들처럼 결의로 가득차 있었다. 내가 〈신비 아파트〉를 너무 많이 본 것 같다. 우린 지난밤을 반추하며 침대를 데굴데굴 구르며 웃고 창피함에 이불을 발로 찼다. 다 큰 어른 둘이 뭐한 거지…… 허탈함에 뒤통수를 맞는 동시에 다시 웃으며. 그 덕에 우리는 종일 웃어서 광대가 아팠다는 후문이다. 그런데 다시 생각해봐도 너무 이상하지 않은가? 친구 말에 의하면 우리집에 찾아와서 자기 전자담배를 달라고 하려면 세 가지 확신이 있어야 한다.

1. 자기와 마주친 것이 우리라는 것
2. 우리가 자신의 전자담배를 가져간 것
3. 여기가 우리집이라는 것

내가 그 여자라면 아무런 확신도 없었을 텐데. 찾으셨나요? 혹시 님도 취해 있었나요? 다음날 같은 시각 아파트 어디선가 함께 이불을 발로 차고 있었기를 바랍니다(나만 그러는 건 억울하니까).

자고 일어나서 바로 씻고 집에 갈 것 같던 친구는 저녁도 먹고 아홉시쯤 "아 집에 언제 가!"라는 말을 남기고 갔답니다. 착한 내 친구는 설거지도 다 해놓고 음식물쓰레기통의 음식물도 다 치워놓고 재활용쓰레기도 분리해놓고 갔어요. 저는 친구를 보며 뿌듯했답니다. 더 재밌는 얘기도 많이 했는데, 입이 근질거리지만 사생활을 위해 여기까지만 할게요. 주로 여행다니며 당한 캣콜링의 다양한 사례들에 관한 것이었다는 것만 밝혀둡니다.

그리고 「중심을 향해 다가가기 색의 방식으로 도피하기」라는 제 다음 시집의 마지막 시에 송도의 용이 지나가는 길 이야기도 이 친구가 해준 거예요(아직 읽어보신 분들 거의 없을 것). 친구에게 시를 보여줬더니 너무 좋아했어요. 저는 요즘 시집 제목 뭘로 하지, 시집 색깔 뭘로 하지, 뭐 이런 고민들을 하고 있습니다. 첫 시집은 아이가 좋아하는 분홍색으로 했는데 이번에도 궁금해 물어봤어요. 의견을 구하니 아이가 아주 단호하게 칠리레드로 하라고 강요하는데 어떻게 하면 좋을까 고민중이에요. 어차피 아이는 글씨를 못 읽으니까, 물성적인 사랑이라도 받고 싶어요. 그런데 김승일 시집 『여기까지 인용하세요』 때문에 망설여져요. 선배 시인들의 두번째 시집을 보며 시름이 깊어지곤 해요. 다들 너무 멋지게 시집을 만들어서. 나는 이 시집에 지워버리고 싶은 시들이 많은데. 정말 꺼내놔도 될까, 발표할 때랑 묶을 때랑 마음이 또 달라져요. 발표할 때는 시집 묶을 때 안 넣어야지 생각했는데 대부분 그런 생각으로 쓴 시들이라 엄정하게 시를 고르면 옛날 유럽 시집처럼 팸플릿 두께의 시집이 될 거예요. 근데 또 첫 시집 때 빼고 싶었던 시들을 사람들이 굉장히 좋아해줘서 제 눈을 잘 못 믿겠고 그래요. 제가 믿고 따르는 저의 편집자님께 조언을 구해보려 해요. 단호하고 다정한 그분은 아주 차분하게(그러나 단호박) 의견을 줄 것 같아요. 빨리 다음 시집을 만나고 싶기도 하고 계속 유예하고 싶기도 해요. 그냥 해치워버리고 싶기도 하고요.

제 산문 읽으시는 분들 중에 제 시집은 읽어보지 않으셨다는 분들이 꽤 있던데 보답은 시집 구매로 해주시길.

저는 시인이니까.

어릴 때 왕따를 당했던 일을 자주 생각한다. 요즘도. 머리에 껌을 붙인 일. 머리카락을 억지로 잘린 일(그래서 긴 머리에 집착하는 것 같다). 미술 시간이 끝나고 물통을 씻고 돌아와보니 의자가 빨갛게 칠해져 있던 일(생리한다고 놀렸는데 생리가 놀림받을 일인가?). 학교에 가보니 책걸상이 없었던 일(화장실 제일 끝 칸에 처박혀 있었고 아무렇지 않은 척 도로 제자리에 가져다놓느라고 얼마나 힘들었는지). 얻어맞은 일(의외로 이건 크게 상처가 되지 않았다). 걸레라고 놀림받던 일(성 경험 전무했고요. 있으면 또 어때?). 정신병자 취급받던 일(제일 적확한 따돌림 이유였다). 벙어리라고 놀림받던 일(너네랑 말하기 싫어). 모든 일의 배후에는 '이상한 애'라는 수식어가 항상 따라다녔는데. 이렇게 멋지게 자란 나 최고고, 왕따인 채로 초중고를 전부 다니고 졸업했다는 것에 상을 주고 싶다. 지금 같았으면 당장 때려치웠을 텐데. 그래서 예대 갔을 때 모든 게 신기했다. 아무도 나한테 이상하다고 하지 않아서. 친하게 지내줘서. 내 자리를 찾은 것처럼 기분이 좋았다. 문예창작과에 대해 안 좋게 생각하는 시선도 많고(전 세계적으로 많다) 나도 때론 다른 전공을 했으면 먹고사는 일이 조금 더 수월했을 텐데, 하고 생각하기도 하지만. 그래도 나는 거기 있어서 행복했고(좆같은 일도 많았지만) 그럼 됐다. 혹시라도 이 글을 읽고 있는 나의 대학 동기 혹은 선후배가 있다면 고마워. 잘 지내.

아이를 재우고 다시 자리에 앉았다. 마지막이니까 멋지게 굿바이를 날리며 퇴장하고 싶은데 그게 잘 되지 않는다. 아직 할말이 더 있는데 못한 것 같고 갑자기 너무 아쉽고 그렇다. 그렇지만 나는 진짜 궁핍해지지 않는 이상 절대 다시는 산문집을 내지 않을 것이라 다짐 또 다짐한다. 산문을 쓰는 건 벌거벗은 임금님이 되는 느낌인 것 같다(내가 임금이란 소리는 아니고). 누군가는 근사하고 멋진 작가만의 산문을 쓰는데 역시 그것은 내게 역부족이라는 생각이 든다. 시를 열심히 써야겠다고 다시 한번 다짐하게 된 계기가 되었다. 엉엉. 산문을 쓰는 동안 오래 시와 멀어졌다. 내 게으름 탓이지만 수업 때 말하고 여기다 말하고 나면 더이상 시를 쓸 언어가 내게 남지 않는다는 걸 깨달았다. 이것이 내 첫 산문집이자 마지막 산문집이 된다는 것. 그것이 조금 애통하기도 하지만 돈 문제가 있지 않는 이상은 앞으로 시인으로 열심히 살고 싶다. 세상이 언제 끝날지 모르니까, 쓰고 싶은 것을 쓸 수 있을 만큼 쥐어짜며 쓰고 싶다. 아무도 내 산문에 관심을 두지 않을 때부터 계속 산문집 같이 하자고 몇 년 동안 권해준 나의 편집자님이 아니었으면 나는 이렇게 많은 글을 쓰지 못했을 것이다. 감사를 전한다.

나오며

영화의 마지막 장면은 늘 금방 잊히고 만다.
나는 줄거리를 잘 기억하지 못하고

어제가 전생 같고 오늘이 어제 같은데
긴 나락 속 하나의 점.

이제는 이 책을 썼던 일도 아주 오래된 과거 같아질 무렵
책이 나온다니 신기하고 기쁘다.

나는 삶을 구경해요.
기쁘고 슬퍼요.

공포에 몰두하는 내가 어제는 웃긴 시에 대해
친구들과 고민했다.

문장은 주렴처럼 흔들리다가
이내 오래 멈춰 있을 것이다.

줄곧 사랑했기에 때로 나라고 여겼던 것을
이제 손에서 놓을 수 있다.

2021년 2월
백은선

나는 내가 싫고 좋고 이상하고
ⓒ백은선 2021

1판 1쇄 2021년 3월 5일
1판 5쇄 2024년 6월 5일

지은이 백은선
책임편집 이재현 | 편집 김영수 강윤정
디자인 김이정 유현아 | 저작권 박지영 형소진 최은진 서연주 오서영
마케팅 정민호 서지화 한민아 이민경 안남영 왕지경 정경주 김수인 김혜원 김하연
　　　김예진
홍보 함유지 함근아 고보미 박민재 김희숙 박다솔 조다현 정승민 배진성
제작 강신은 김동욱 이순호 | 제작처 한영문화사

펴낸곳 (주)문학동네 | 펴낸이 김소영
출판등록 1993년 10월 22일 제2003-000045호
주소 10881 경기도 파주시 회동길 210
전자우편 editor@munhak.com
대표전화 031) 955-8888 | 팩스 031) 955-8855
문의전화 031) 955-2696(마케팅) 031) 955-1920(편집)
문학동네카페 http://cafe.naver.com/mhdn
인스타그램 @munhakdongne | 트위터 @munhakdongne
북클럽문학동네 http://bookclubmunhak.com

ISBN 978-89-546-7723-3 03810

잘못된 책은 구입하신 서점에서 교환해드립니다.
기타 교환 문의: 031-955-2661, 3580

www.munhak.com